悲しくてもユーモアを

文芸人・乾信一郎の自伝的な評伝

天瀬裕康

論創社

本駒込の自宅で語る83歳の乾信一郎（上塚芳郎所蔵）
撮影：坂本徹（熊本日日新聞社編集委員）

ユーモアや動物を愛し、
ミステリやSFが好きで、
そして、
イジメラレっ子だった人々へ。

プロローグ

この世界には、いろいろなタイプの人間がいるようです。

野球ファンがいればサッカーのサポーターもいるし、音楽マニアがいるかと思えば、画家志望者も詩人もどきもいるでしょう。

私は長いあいだ乾信一郎《いぬいしんいちろう》（一九〇六〜二〇〇〇）という翻訳家で作家、おまけに雑誌『新青年』の編集長もしていた興味深い人物のことを調べてきました。

そこで少し説明を加えますと、『新青年』は大正時代から昭和の戦後しばらく続いた雑誌で、探偵小説やモダンな現代小説を掲載し、多くの作家を育てました。初代の編集長森下雨村、二代目は横溝正史で、江戸川乱歩たち推理小説作家や獅子文六のようなユーモア作家、さらには原爆作家となった大田洋子らも執筆しています。

乾も『新青年』の出身ですが、これはペンネームで本名は上塚貞雄《うえつかさだお》、アメリカ生まれで熊本育ち……そうです、私は彼の評伝を書こうとして、あれこれ調べてきたのでした。

評伝というのは単純な伝記《バイオグラフィー》とは少し異なり、「批評をまじえた伝記」のことですから、ある人物に関しての「書物や文献を集めた目録である書誌《ビブリオグラフィー》」とも違うわけです。

批評と言うからには、どうしても著者の個人的な見解が入るでしょう。それどころか、ドグマに満ちた意見がなければ、評伝は面白くありません。

しかし本書には、「自伝（自叙伝）的に書きたい」という要素もからんでいます。それは乾が「自叙伝を書きたがっていた」という形跡があったからです。いったい、なぜでしょうか？

それは多分、イジメと関係がありそうです。（乾はイジメっ子ではなくて、イジメラレっ子だったのです。彼は大正元年（一九一二）にアメリカから熊本に移ったのですが、これがイジメに繋がったらしいのです。）

しばしば子どもは、自分らと違った子どもがいると排除しようとしたり、あるいはイジメます。そうした差別意識は大人にもありますが、上塚貞雄＝乾信一郎はそれを乗り越えてゆきます。これは評伝的に扱うことが可能ですし、自伝的に書くこともできるでしょう。

ところが、評伝を書くことと自伝を記すこととでは、立場がまったく違います。「逆だ」と言ってもかまいません。

極言すれば、評伝と自伝は相容れないわけですし、少なくとも「自伝的な評伝」は困難な仕事のように思われます。そのため途中で、言葉遣いや表現形式に微妙な差の生じることがあるかもしれませんが、あまり気にしないでください。

大切なのは、彼の行動の軌跡です。彼はなにを考え、どのように生きたのでしょうか？


物語はアメリカでの日々から始まりますが、その後の生活のほとんどが日本なので、和暦漢数字（西暦表示）としました。すでに実例を示しておりますが、生没年は西暦で示し、西暦（和暦）とする場合の年数とか、年齢や学年雑誌の年数などはアラビア数字としました。

引用文献などは、単行本や台本類は「年」までとし、雑誌類は「年月」まで、新聞や手紙類は「年月日」まで記載しました。

このプロローグと謝辞は「です・ます」調で書きましたが、本文は「である」調で書きます。

なお、本文中では文章の流れによって、おおむね敬称を略しております。

引用文は「カギ括弧」で示し、長い場合は前後一行アケで二字オトシにしました。小説などの内容を短く紹介する場合は、「――」で始め「……」で終わるようにしました。引用文の中には、現在の人権意識からみて不適当なものがあるかもしれませんが、原文の意を尊重して、そのままにしました。

なんだか堅苦しいことを書いてしまいましたが、これは研究書ではなくて「自伝的な評伝」という種類の物語ですから、面倒くさいところは飛ばして読まれてもかまいません。

それでは、どうぞ……。

悲しくてもユーモアを
――文芸人・乾信一郎の自伝的な評伝

目次

プロローグ

第一章　明治・大正は走馬灯

1節　寂しがり屋で無鉄砲で

シアトルにて

ときどき脱線するから、まずは常識的な書き方で始めよう。

だれが、いつ、どこで、どうして……という筆法である。

その手でゆくと乾信一郎《いぬいしんいちろう》こと本名・上塚貞雄《うえつかさだお》は、明治三十九年（一九〇六）五月十五日、アメリカはワシントン州シアトル市郊外のベルビュー地区で生まれた。

父・光雄《みつお》と母・沢《さわ》の嫡男である。静子という姉《ねえ》さんがいたが、最初の男の子はあくまでも嫡出の長男であり、それが上塚貞雄なのだ。これは乾信一郎についての本だけれど、この見慣れぬ姓名は彼が勝手に付けたペンネームだから、彼が成人するまでを綴る本章では遠慮して頂くことにしよう。

もう一つ、アメリカで生まれたのに明治何年というのはおかしいな感じだが、アメリカにいたのは幼年時代のごく短期間だから、明治という表現にも慣れておくほうがよいのだ。

それより肝心なのは、彼の生まれたところが広々とした場所だったことと、彼が寂しがり屋だけれど無鉄砲な、そして、空想的なところもある奇妙な子どもだった、ということである。

このシアトルという土地は、十九世紀の中頃に僅か五家族の白人が住み着き、友好的なインディアンの酋長の名にちなんでシアトルと名づけたという。ところがすぐにゴールド・ラッシュの時代がやって来て、質の良い港と豊かな森林があったので入植者が増加し、東洋からの移住者の玄関口の一つ（注1）になる。

といっても、貞雄が生まれた当時は開拓されたばかりで、シアトルの街へ行ってもまだ馬車が主な交通機関だった。家に帰れば、周囲に見えるのは四軒だけで、貞雄の遊び相手になってくれるのはたった二人だったそうだ。これでは寂しい。

むかしテレビドラマに「大草原の小さな家」というのがあった。そんな雰囲気だ。なぜそんな場所にいたかというと、そこに両親が経営している農園があったからだ。まあそういったわけで、これから上塚貞雄の話が始まるのである。

明治四十三年（一九一〇）、４歳のときのことだ。寂しがり屋の貞雄は自宅から二、三キロ先の森の中に、小さな学校を見つけた。

学校といっても教室は一つだけで大きい子も小さい子もいる。日本の田舎で複式授業をしている小学校を連想して頂いたらよいだろう。そこへ通いだしたのだ。

通学といっても、まだ４歳だから正式の入学ではないし、勉強が好きだったのでもない。ただ授業をしているところを見るのが楽しみだったのだ。ときどき、おしかけ児童が窓の外から眺めているのを見て、学校側が黙認したというだけのことである。

おまけにこの学校は、日曜日には教会になるし、ここのサンデー・スクールに行くのは、とても楽しい。家ではボロ着を纏《まと》っているのだけれど、その日はセーラー服のような一張羅《いっちょうら》を着るこ

左：姉静子、右：貞雄（上塚芳郎所蔵）
（小学校入学当時）

とが出来たからだ。

しかし世の中は、いいことばかりが続くものではない。

どうやら、日本の小学校へ行く用意がすすめられているようだった。

これは長男というものの宿命らしく、彼の精神に負担を強いるのだ。

彼は一匹のネコをとても可愛がっていた。「ネコちゃんはどうなるの？」「日本行きの船には、ネコは乗せられないんだよ」と父親が言う。「そんなの厭だ」貞雄は父親の光雄をおおいに憎んだ。

もともと男の子は、たいてい父親を嫌う。母親に愛情を持ち父親を殺そうとする心理、エディプス・コンプレックスという性向が貞雄にもあったらしい。

先ほどの家族写真に父親はいなかったから、チョッと説明しておくと、一口で言えば顔が長い。馬面《うまづら》である。熊本の名物は馬刺《ばさ》しだから、そのせいかどうか……。

なんとなく前途は多難らしいが、ここで熊本という土地柄を眺めておこう。

火の国は九州一

むかし「肥の国」といえば、肥前（佐賀県および長崎県）と肥後（熊本県）から成っていたが、「火の国」という場合は、肥後の熊本を指すことが多かった。

噴火する阿蘇山に不知火《しらぬい》の海――この奇妙な海の名は、景行天皇が火の国の熊襲《くまそ》を征伐したとき、暗夜に多くの火が海上に現れ、無事に船を岸に着けるけることが出来たことから、八代海の別称となったようである。不知火町からは「ブラジルのピカソ」と呼ばれる画家・間部学《まなぶまべ》（マナブ・間部）が出るが、これはまたあとの話だ。

阿蘇山のほうは富士山のように美しく静まった山ではなく、外輪山と阿蘇五岳と呼ばれる五つの中央火口丘の総称で、これらが巨大なカルデラなのだ。カルデラはもともとスペイン語で大釜の意味だが、地質学的には火山の中心部にある円形の広い凹所のことだ。噴火後に起る火山中央部の陥没によるもので、一般的には直径一キロメートル以上のものをカルデラと呼んでいるが、阿蘇は別格で途方もなく大きい。

なにしろ外輪山は東西約十七キロ、南北約二十四キロ、周囲約百二十八キロで世界一の規模を誇っており、大観峰に草千里、馬の放牧に乗馬クラブ……カルデラ内に多数の人や牛馬が生活しているのだ。

阿蘇の噴火口のあたりに立って見渡すと、月か火星か見知らぬ星か、まあ日本の箱庭的な風景とは異質なものがあり、自分自身も異星人になったような錯覚を起こすことがある。

余分な話になったが、のちに貞雄少年はその雄大な姿を眺めて英気を養うことになるのだから、まんざら無駄話をしているわけではない。旧石器時代の住居跡も見つかっており、宇宙人飛来説を類推させるような天孫降臨伝説の高千穂の峰は東南にあるし、女王・卑弥呼の邪馬台国は西北にあったらしい。


どうやら風呂敷を広げ過ぎたようだ。火の国が超日本的なもの持っているのは確かだが、ミステリ・ＳＦの話ではなく、歴史認識の話に入ってゆこう。

古代は大化の改新（六四五）で日本の中央集権化が始まったとき、肥後国は九州唯一の大国になった。(注2)

中世から近世の初めはとばして、嘉永六年（一八五三）にアメリカの提督ペリーが開国を迫って来日する前夜のあたりになっても、肥後熊本は九州の中心だった。

明治維新以後は首位の座を福岡に譲ったものの、熊本地方の豪族・地主等の層も厚いのである。しばらく系図関係のややこしい話が続くが、上塚貞雄（乾信一郎）の精神内界を解く伏線になっているし、あとで必要な名前が出てくるから、几帳面な人は続けて読んで頂きたい。

気の短い人は面倒になったら、とばして読んで、あとで分からなくなったらバックして読み直すのも一つの方法だろう。

系図のある家系

徳川時代の表現でいえば第十代将軍家治《いえはる》から十一代家斉《いえなり》の頃、肥後の熊本に上塚孫右衛門勇平なる豪族がいた。勇平は寛保元年（一七四一）に生まれ、文化八年（一八一一）まで初代上塚孫右衛門として生き、上赤見村というところの庄屋を勤めた。

勇平の死後、分家から養子に入った広近が二代目孫右衛門を襲名した。彼には二人の男の子がいた。上塚の本家は広近の長男・騏一郎秀実が相続し、「上《かみ》の上塚」と呼ばれる。広近の二男、上塚五八郎秀幸は亀井家の養子となったが、のちに上塚姓を名乗った。親元と区別するため、「下《しも》の上塚」と称した。

上下の区別は地形によるもので、身分制度上のものではない。本家が、島原湾に注ぐ緑川の上流側にあったので、こちらを上《かみ》と呼ぶ。養子に出た五八郎秀幸の家がやや下流側に位置したため、下《しも》と呼ばれたのである。サムライみたいな名前が続く。

その五八郎には男児がなかったので、ふたたび「上の上塚」から養子を迎えた。騏一郎の長男・俊藏秀敬であり、その三男・周平はブラジル開拓の父と称えられている。

他方、「上の上塚」を相続したのは二男・八郎助実勝で、弟・秀輝は実勝の扶養家族となったが、実勝に子がなかったので、秀輝の長男・秀勝が養子となった。

秀輝は子沢山であった。房子との間には先述の秀勝をもうけたが、のちに結婚したシゲ子が六

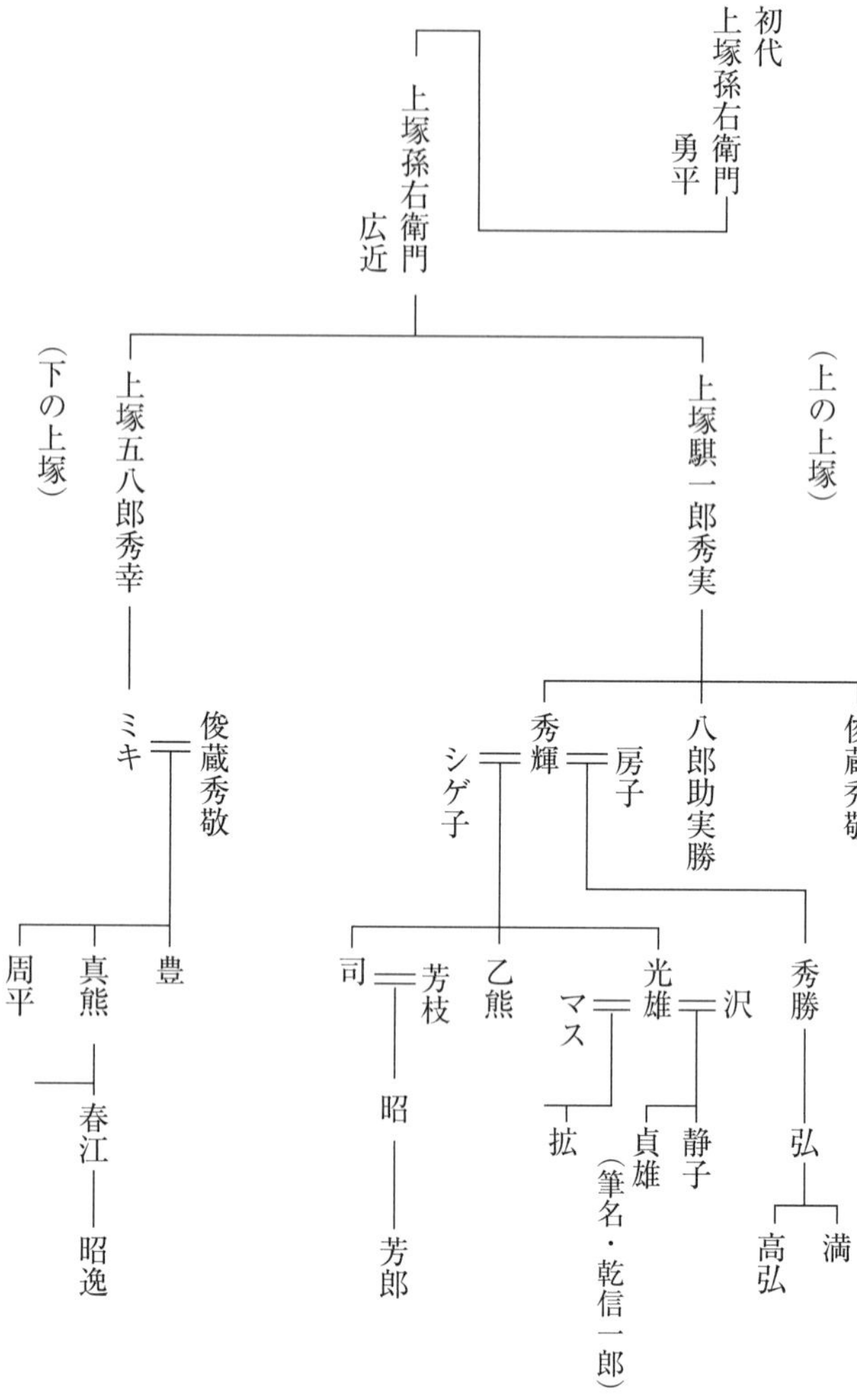

「上」および「下」の上塚家系図

人の子どもを生み実権を握る。その最初の子である光雄が長男ということになり、以下、乙熊、猛、とわ、司、こずえ、と続く。

ところが光雄は北米シアトルに渡り、農園を経営した。彼には妻・沢との間に静子と貞雄の二人の子がいたが、さらに三好マスとの間に健、康、拡の三人を設けた。上塚貞雄（乾信一郎）には異母兄弟がいたわけである。

やれやれ、やっとたどり着いた！　だが系図を見ながら、もう少し付き合って頂きたい。

光雄の弟に司《つかさ》という人がいる。これが貞雄の日本における後見人であり、その嫡男の昭《あきら》とも密接な関係が続く。昭は感染症学者（注3）だったので、病気のときにはよく相談したものだ。ついでながら貞雄（乾信一郎）には子どもがいなかったので、昭の子・上塚芳郎が著作権継承者となるのである。

さて、ここまでのところで重要な上塚一族中の人物は司や芳郎だが、これまた馬面なのである。牧野を改良して馬を増やしたのは加藤清正であり、近くには馬見原という地名もあるから馬面が多いというわけでもあるまい。大切なのは厖大な系図（注4）が貞雄少年に与えた影響である。上塚貞雄少年がどんな生活を強いられたか、のちに彼が書いたものを眺めておこう。

祖父は八十代の高齢というわけで、小学生の私が、総領として代理を務めさせられるのだ。

年始のあいさつまわりを初めとして、祝儀不祝儀その他何かと家を代表して出席しなければならない。その場で述べなければならない言葉を祖父からくり返し教わり、よそ行きのキモノに羽織ハカマ、新しい下駄をはかされる。ハカマのすそが足にまつわりつく、下駄のハナオが指にくいこむ、隣り村までならまだしも、親類の家まで十数キロも、この装束で田舎道を歩かねばならないこともある。

なんともシンドイ話だが、かつて大宅マスコミ塾の秀才だった評論家の草柳大蔵は、「熊本には文化的地熱とも言うべき黒々した熱っぽさがある」と言った。一方では神道をバックボーンに持つ神風連があり、他方では隠れキリシタンがいて、まことに複雑なのだ。

さてそれでは、上塚家に脈打っている思想とは、どんなものなのだろうか?。

上塚一族精神史

幕末から明治の初めにかけて、手永(注5)など村の行政区域が数回にわたり変更され、村を統治する者の役職も、惣庄屋、村長、里正、区長、戸長というように変わる。

明治三年(一八七〇)十一月、上赤見村と下赤見村は杉上地区のもとで「赤見村」に一括され、上塚俊蔵が初代里正に任命された。明治十二年の郡村制度導入で杉上村は一つの行政区となり、二十二年に自治区になると、俊蔵が初代民選村長に就任した。

上塚俊蔵は明治前半に、里正、戸長、村長として杉上地区に重きをなした。さらに郡会議員も務めたのは、家系が江戸時代からの庄屋だったことによるが、幕末の思想家・横井小楠《しょうなん》(注6)の弟子として学問があったことも大きな理由とされる。

二男の真熊は大正五年(一九一六)、農地改革の実績が認められて第十代村長に就在した。彼は小楠の孫弟子である蘇峰・徳富猪一郎に師事し、東京専門学校(現在の早稲田大学文学部)に学んで国木田独歩らと同人誌を主宰した。

しかし、郷里・赤見における事業の失敗を立て直すため実家へ呼びもどされる。「下の上塚家」を相続した真熊は、堅実な方法で債務を整理し、村の青年に小楠の実学を指導した。その孫に熊本の外科医・上塚昭逸がいる。

真熊が赤見実行組を組織したとき、俊蔵の三男・周平や、「上の上塚」の光雄・乙熊の兄弟は参加したが、司はまだ幼少だったため参加できなかった。上塚司の父親・秀輝は俊藏の実弟であるから、司と周平は従兄弟同士だ。年齢は十五歳もはなれていたけれど、周平は司を弟のように可愛がったという。

司はのちにアマゾンの開拓事業に尽力し、(注7)衆議院議員を数期務めることになる。ついでに言うと、国政選挙になれば地盤が問題になるから、杉上だの赤見だのといっても僻地ではない。熊本市南方の近郊で、のちには熊本市に併合された地区もあるくらいだ。

話が明治と平成を往ったり来たりしだした。明治末期までバックしよう。

光雄のアメリカ移住も、あるいは実行組における真熊の思想に感化されたからかもしれないし、周平からの影響があったかもしれない。

ブラジル移民の父と呼ばれる上塚周平は、明治四十一年（一九〇八）四月、東京帝国大学法科大学（東大法学部）を卒業するとすぐ南米へ行って成功し、一度帰国したものの再度ブラジルに渡って、その地に大きく貢献した。経済的な問題が大きいが、彼自身「瓢骨」の号を持つ俳人でもあり、文化面での貢献もあった。周平や司については、あとでまた出てくる。

その兄の真態にしても単なる政治屋・実業家ではなく、先述のごとく文学にも親しんでいたわけである。

ここで上塚一族の気風を纏めてみると、リーダーとしての上塚一族という感じがする。まずは代々の庄屋であり、民選村長、衆議院議員などといった政治家の系譜だろう。

次は幕末の開国論者だった横井小楠《しょうなん》の薫陶によるものか、海外雄飛型の血が流れている。

もう一つ加えるなら、文学への趣向・傾斜だ。

さて、これらが貞雄少年にどういった反応を起こさせるのだろうか⁉

時は流れ、激動の明治時代は終わろうとしていた。そこでいよいよ、上塚貞雄（乾信一郎）を主人公にした話が始まるのだ。

予告編的にチョッとつけ加えるなら、彼はことあるごとに、「しっかりせにゃいかんバイ」と、しごかれるのである。可哀相に！

2節　イジメラレっ子からグレ学生へ

アメリカ帰りの異風者《いひゅうもん》

日本は複雑な国である。和暦と西暦を同時に使う。

たとえば一九一二年には、年号（元号）の明治と大正が同居している。手品でもペテンでもない。七月二十九日に明治天皇が崩御《ほうぎょ》されたので、一九一二年の中の明治四十五年はここで終わり、大正元年、つまり大正一年が始まった。だから大正一年は、明治四十五年よりも少し短いわけだ。

さらに数え年と満年齢というものまであるから、ときどき混線するが、現在は満年齢が主流になったから、こちらは原則として満年齢で書くことにしよう……。

上塚貞雄＝乾信一郎の生涯に関しては、平成十七年に熊本近代文学館で開催された「乾信一郎　猫と青春　展」の図録（注8）が簡略に纏まっているので、大筋ではこれを参考にして話をすすめてゆきたい。

この年の秋、といえばもう大正一年になっているわけだが、6歳の上塚貞雄は日本の小学校に入るため、母親に連れられて帰国した。

彼から言えば、いやいやながら日本へ移住したのかもしれない。

例のネコちゃんは、シアトルに置いたままである。泣きの別れであった。これは彼に精神的な外傷《トラウマ》を残す。

船でシアトルをたつとき、見送りにきた父やその他の人たちと別れる悲しさはちっとも感じなかったが、友だちだったあのネコといっしょでないという悲しさがあらためてわきおこってきて、腹が立って、ひどくくやしくって、わあわあと泣いた。(注9)

おまけに日本へ着いてみると、移住地は父親の郷里である熊本県下益城《しもましき》郡杉上村ではなくて、母親のほうの郷里だった。熊本県上益城《かみましき》郡白旗村である。父方の上杉地区のある下益城群よりは東北に当たる。

貞雄少年には特に予備知識はなかったが、なんとなく感じが違うのである。シアトルの家も田舎にあったが、ここはまた別の意味で田舎だった。

じつを言うと、これには裏話がある。母方の祖母の家が洪水で流され、借家住まいの一人暮らしをしており、やっと小さな家を建てて待っていたらしいのだ。

したがって祖母・母・貞雄の三人暮らしで、相手になってくれるネコもいない。

母親の愛情を独占したようなものだけれど、どうもシックリしないのだ。そのうちに祖母もなくなった。するとアメリカのことを思い出す。

父親のことはそれほどではないとしても、ネコはどうしているだろう？

ついでに言えばこの十月十四日、東京で岩田千代子という女の子が生まれている。この名前は次の章から出てくるので、憶えておいて下されば有難い……。
また脱線したが言葉に食べ物、風俗習慣すべてが違うのだから、なにかとチグハグな生活を送っているうちに翌大正二年となり、春にはこの村の白旗小学校に入学した。
ところがここでイジメに会う。彼はジャンケンを知らず、下駄にも馴染めなかったからである。しかし成績は抜群で、絵もうまい。なにしろアメリカでは4歳のときから小学校へ行っていたのだから……しかし、これが余計にガキたちの反感をあおる。

小学三年までは、母の里からその土地の小学校へ通った。アメリカから来たばかりの頃だからキモノや下駄はなく、洋服に靴のまま、自分では当り前と思っているが、その頃（大正の初め頃）洋服を着ているのは校長先生ぐらいのもので、子供が洋服を着ているなどは異星人（傍点筆者）が来たぐらいに見られたらしい。服はひっぱられる、靴はふみつけられる。それくらいはまだよかったが、やがて服のポケットへ泥を詰めこまれる、そでをつかんで引っぱりまわされ、目がまわってぶっ倒れるまで放してくれない。

これは成人後の貞雄が書いた文章からの引用だが、当時の農村には、よそ者を嫌う風習があった。遊び友だちには入れて貰えず、どつかれて倒され、膝にはいつも血がにじんでいた。偉いのは人間だけではない。自分たちだけが正しいのではないのだ。彼は蟻と遊び、野良犬と話をした。ガキたちが相手にしてくれなくても、小さな動物を相手にして遊ぶことが出来るんだ！　そう思うと気持ちが楽になった。

ところが二年後の大正四年、母・沢が父・光雄と別れた。どんな理由があったのか、貞雄のあずかり知らぬ事情によって、キリキリ舞いさせられるのだ。

事情がどうであれ、母親がいなくなったのだ。捨てられたのである。「母さん、なんでぼくをひとりぼっちにして、行ってしまったの？」

親権の問題かどうか、父の故郷である下益城郡杉上村に移り、杉上西部小学校の四年生に編入された。担任は柿原先生で、作家になったあとまで令室や子息とも交流が続く。

白旗小学校への入学学年がはっきりしないので、上の学年へ飛ばして編入されたようにも思えるが、満9歳だし学力は抜群だから問題ないような気もする。

問題なのはイジメのほうで、ここでもジャンケンや下駄のことでからかわれ、アメリカ帰りの異風者《いひゅうもん》としてイジメられたのだ。

おまけに家では、祖父母や叔父叔母から厳しい躾《しつけ》を受ける。なにしろ上塚家というのは前節で述べたように、ひどく重厚な系図のある家柄なのである。家で長男教育なるものによって扱《しご》かれ、外ではガキどもからイジメられるのだからたまらない。

しかし彼は、くじけなかった。古い家の中には文庫があって、ディビッド・リビングストンの探検ものだとか、立川文庫式のＳＦやミステリのご先祖様のような古い本がたんまりあった。それを片っ端から読破してゆく。

そして外では、少しずつ同化するように努めたので、友だちも出来だした。終生の親友となる成松少年は、杉上西部小学校時代の友だちだったのである。(注10)

旧制中学と寮生活

大正八年（一九一九）といえば、一月に大女優・松井須磨子が島村抱月のあとを追って首を吊った年で、四月には13歳の貞雄が熊本市の九州学院中学（現・高校）に入学した。

ここは「敬天愛人」をモットーとした、キリスト教精神（ルーテル系、新教）による学校教育をしている。旧教のほうではイエズス修道会が明治時代に創立した熊本信愛女学院や、戦後のマリスト学園（カトリック）などがある、横道に逸れたが土地の人は、九州学院のことを親しみをこめて「キュウガク」(注11)と呼ぶ。スパルタ式の躾によって有名だったが、全員がしごかれるのでイジメではない。

その寄宿舎「東分寮《とうぶん》」の生活は、あの重苦しい家系図だらけの上塚家から隔離してくれる役を果たしてくれたので、少々のことは我慢出来た。こうして精神的にも肉体的にも、彼は鍛え上げられていったのである。

他方、貞雄のあずかり知らぬ理由で光雄と別れた母親は、再婚してアメリカに住んでいたが、貞雄が九州学院にいることを知って、手紙をよこした。いささか勝手な女の所業のような気もする。貞雄も手紙を出したが、実母との文通は実父への裏切りのようにも思われて、悩んだらしい。

もともと父親は好きでなかった。母親も帰国後に捨て去られてからは、世間の母親とは違った、エタイの知れない者に変身していた。

その結果ときどき、「もしかしたら自分は、この両親の子どもではないのかもしれない。どこか遠くから来たのかもしれない」と思うこともあった。だが、こうした想念は、特別珍しいものではない。頭の良い子には、ときどき見られるものなのだ。

ただ彼の場合、それが執筆活動に結び付こうとしていた。ちなみに雑誌『新青年』の創刊は大正九年一月で、彼はまだ13歳だったが、だんだん興味を持つようになる。

後年、彼はその雑誌が初出で、のちに単行本化された『敬天寮の君子たち』(注12)という本の著者の言葉において、

なぜ、ユーモア小説というようなものを書いているか。それは、世の中がおもしろおかしいからではない。世の中が悲しくさびしいからにほかならない。きびしく冷たいからである。

と述べている。この「悲しいからユーモアを書く」という信条は、少年期の終わりから青年期にかけて、すでに形成されていたようだ。

この性向は少年期・青年期を経て、作家になってもズッと続いたようである。若い頃の写真にはペーソスを感じさせるような、笑わぬ男といったものが多い。笑顔のものもないではないが、概して高齢となるにつれ、表情の硬さが取れてきたように思われる。それは彼の心の反映であろうか。

いやはや脱線したようである。母親のところへ話を戻そう。

アメリカの母親からは、英語の『リンカーン伝』や『インディアンの生活』、『ベースボール・マガジン』などの雑誌や週刊誌、それに新聞などが送られてきた。

これも文士への志向をあおった。世界では、ここでもあそこでも自分たちと異なる者を排除しようとする動きが見られた。イジメは人間の原罪なのだろうか？

アメリカでは「日本人排斥法」がまかり通り、ヨーロッパでは第一次世界大戦に敗れたドイツが、世にも苛酷な賠償責任に喘いでいた。

貞雄は政治的な動きにはあまり興味を示さなかったが、アメリカに行きたいと思うことはあった。日本の生活に溶け込めない部分も残っていた。セーラー服を女学生が着ているのも奇妙だった。アメリカ時代の貞雄はセーラー服を着て写真を撮っているのに、なぜ水兵の服が女の子の制服なのか？

奇妙な疑問をもったものだが、青年とは、そうしたものだろう。

大正十三年（一九二四）三月、彼は受験勉強をすることなく九州学院中学を卒業した。

流れ着いたは青学商科

上塚貞雄は18歳になっていた。熊本の旧制第五高等学校に願書を出したものの受験せず、浪人した。まともな出世コースには興味がないのだ。

これを聞いて、東京で代議士をしていた叔父・上塚司が彼を東京に呼び出し、東京商科大学

（現・一橋大学）に入るよう命じる。第1節の系図のところを見ながら話を聞いて頂きたい。

貞雄は司叔父の家で書生として過ごしながら、文学書を読みふける。一橋も願書だけ出して受験しなかったので、司は「二浪は許さん」と怒った。なんとも自由のない家である。

貞雄は仕方なく青山学院英文科を選ぶ。メソジスト派の宣教師が明治の初めに開いた私立学校が発端で、のちに東京英和学校を経て青山学院となったものである。ところが「文学はいかん、實業をやれ！」とこれにも反対され、いやいやながら商科に入学する。大正十四年四月のことであった。

要するに司・叔父は、貞雄が「文学」などという軟弱なものを選ばず、實業の道へすすむことを願っていたのである。後見人の司としては、至極当然のことだったかもしれないが、貞雄としては面白くない。

この頃、彼は天体望遠鏡に凝りだしていた。次のような記載（注15）がある。


その前の年だったか〝星を見る会〟という会に行ってみて、初めて天体望遠鏡で月や星を見せてもらい、感動して、自分でも天体望遠鏡を作ってみたくなったことがある。やってみたくなると、すぐ実行してみないと気がすまない、いうなれば向うみずの軽はずみな性格であるらしい。科学雑誌に出ていた手引きをもとに、それを書いた京都天文台の中村要さんという先生の指導とで、毎日かかさず丸六か月かかって、直径六インチ（訳十五センチ）の反射鏡を磨きあげた。

彼には小動物趣味とともに天体嗜好もあったようだ。その一環ともいえるが、もしかしたら自分の生まれた星を探そうとしていたのかもしれない。「自分は両親の子ではないかもしれない」(注16)という想念の続きである。とにかく当時の彼は、かなり荒れていた。こんなことも述べているのである。

　青山学院商科に籍はおいていたものの家庭のある事情でぐれにぐれっ放し、渋谷界隈のぐれ学生中の筆頭みたいだった上塚貞雄なる男……

はてさて、この先はどうなるのだろうか？

ウォーミングアップ開始

上塚貞雄がグレ学生だった大正十四年（一九二五）前後、彼が幼年期を過ごしたアメリカは、The Roaring 20'sと呼ばれていた。それは「狂乱の二〇年代」とも言われるもので、「無法の一〇年」、「すばらしきナンセンスの時代」、「黄金のブーム」、「史上最大の馬鹿騒ぎ」、「新しい時代と新しい自由」、「ジャズ・エイジ」などとも呼ばれた(注17)時代である。

あとで分かったことだが、のちに探偵小説作家となる渡辺圭介（筆名・啓助）が青山学院英文科を卒業したのは大正十四年三月で、当時はすれ違いに終わった。二人が遭うのは昭和になってからである。

彼らの活躍の舞台になる大手雑誌社の博文館は、大正十二年九月一日の関東大震災で甚大な被害を受け、大正末期の博文館は小石川でほそぼそと、しかし意欲的に営業していた。

貞雄は翻訳物をはじめ『新青年』を愛読していたし、「自分ならもっと上手に訳せる」と思うこともあったけれど、周囲の状況は、それほど甘くない。

なにしろ社会からは、ことあるごとにイジメられてきたのだし、背後の上塚家は依然として健在である。「翻訳家になる」などと言ったら、またモメるだろうなあ！

ところがそのまま、大正十五年（一九二六）の夏、20歳になった上塚貞雄は徴兵検査を受け、いや強制的に受けさせられて、ともあれ第二次乙種合格とあいなった。

現在のように民権意識の強くなった時代では、とても想像出来ないようなことながら、戦前には国民皆兵の思想はポピュラーなもので、国民は国家のために存在したのだ。

ともかくこれは、国家によるイジメの始まりだったのである。

これは人間・上塚貞雄の人生に一つの区切りをつけるものであり、さらに付け加えるべきこともあった。貞雄の顔が父や叔父と同じような馬面になっていたのだ！

優秀な上塚家の血縁や、その他もろもろの熊本ゆかりの人たちが援護してくれるだろう。（注18）

貞雄よ、上塚家の一員として、迷うことなく進むがよい……。

こうして上塚貞雄が一段高いところへ飛び上がろうとしていた矢先、十二月二十五日に大正天皇が崩御され、蜉蝣《かげろう》のような大正ロマンの日々は、呆気なく消え去っていった。

その年の年末、上塚貞雄は自分で翻訳をしてみようと決心したのである。ややこしい話だが、同じ一九二六年でも徴兵検査を受けたのは夏だから大正十五年であり、翻訳家への決意を固めたのは十二月二十五日以後だったから、昭和元年の出来事なのだ。

ともあれ本書における主人公・乾信一郎が生まれようとしていたのである。


【注】

1 荒このみ他・監修『アメリカを知る事典』平凡社、一九八六年八月。

2 齋藤建夫編『郷土資料事典――熊本県』人文社、一九九八年四月。

3 上塚昭は、東京大学医科学研究所真菌研究室勤務で論文多数。その嫡男で現在の乾信一郎著作権継承者である上塚芳郎は、東京女子医大医療・病院管理学教授。

4 周平の孫にあたる昭逸氏は、この系図作成の元になった資料を所蔵されている。本書の系図作成にご協力頂いた上塚尚孝氏一族の系図は後述する。

5 手永は手長とも書き、肥後藩など北九州の行政区画で惣庄屋のような士分の役人が置かれていたが、役職の呼称はしばしば変更された。

6 上塚一族の一部が影響を受けた横井小楠（一八〇九～一八六九）は、熊本藩士で開国論者。松浦玲『横井小楠』朝日新聞社（昭和五十一年二月）を参照されたい。

7 上塚芳郎、中野順夫『上塚司のアマゾン開拓事業』（天園、二〇一三年一一月）には上塚家の系図や関連の歴史や地誌も載っている。

8 平成十七年（二〇〇五）七月十五日～八月三十一日に熊本近代文学館で開催された「乾信一郎　猫と青春 展」に際して同館から発行された冊子（図録を含む）はよく纏まっており、これから引用することが多かった。

9 乾信一郎『ネコの育児書』（主婦と生活社、一九七二年二月）より引用。

10 成松進午は城南町の出身で、のちには熊本市川尻町在住で、川柳を能くした。後年、乾信一郎（上塚貞雄）に郷里のニュースを送り続けた。

11 地元の人は「キューガク」と呼んでいる。著者天瀬裕康が「九学」を訪れたのは平成十八年十一月九日で、松村緑郎教頭が案内して下さった。上塚貞雄は旧制中学第九回生だった。『敬天寮の君子たち』（九州学院高校版、一九八六年四月）を刊行。

12 この『敬天寮の君子たち』は、はじめ雑誌『新青年』に発表され、のち単行本化された。

13 戦前から戦後しばらく、いわゆるセーラー服は女学生の制服だった。アメリカ時代の貞雄はセーラー服を着た写真が二枚ある。一つは海軍の錨、もう一枚には桜が付いている。

14 平成三年二月三日付『熊本日日新聞』の「人物に見る熊本の青春」によると、《シアトルから父親が「新しい家族」と杉上村に戻ってくるのを避けるように、東京で代議士をしていた叔父を頼って、上京する。》とあり、少しニュアンスが違う。

15 『「新青年」の頃』（早川書房、一九九一年一一月）一四頁。

16 『新青年読本』全一巻（作品社、一九八八年二月）八六頁。

17 大原寿人「暗黒街に雇われた新聞記者」（『エラリイ・クインズ・ミステリマガジン』一九六二年一一月号）。

18 井上智重『言葉のゆりかご　熊本ゆかりの人物語録』（熊日出版、平成二十七年四月）には、上塚一族の真態、周平、司、貞雄（乾信一郎）たちの他、本書に出てくる間部学（マナブ間部）や池田勇人たちも載っている。

第二章　昭和戦前は波乱万丈

1節　自由が残っていた時代

幻の「光文」に運命好転

大正という元号の次には、幻の元号「光文」(注1)があった。

嘘のようなバカバカしい話で、結局それは誤報で終わったが、なにしろ年末のことだから、印刷物は大混乱、不良在庫を抱えて困った業者もいたに違いない。

ともあれ大正時代が足早に去って行ったように、一週間ばかりの昭和元年もあっという間に過ぎて、昭和二年（一九二七）になった。

この年、アメリカから日本へ一万体以上の「青い目の人形」が贈られ、日本からは日本人形を贈って、日米間の友情を築こうとしていた。芥川龍之介が自殺したのは七月二十四日である。東京では上野―浅草間に地下鉄が開通し、大阪では道頓堀にジャズが勃興した。

その頃、叔父・上塚司の家は大塚仲町にあって、貞雄は省線電車（現・JR山手線）で青山学院へ通っていた。

そうした二年の年末、博文館では『新青年』昭和三年一月新年号用の付録「新青年オラクル」が積み重ねてあった。占いの本だ。

表紙裏には「新青年のオラクル様、新青年のオラクル様、どうぞ、どうぞ本当の事を教えて下さい。あらあ、あらあ、くわんつうむ、ういす。」と刷り込んである。

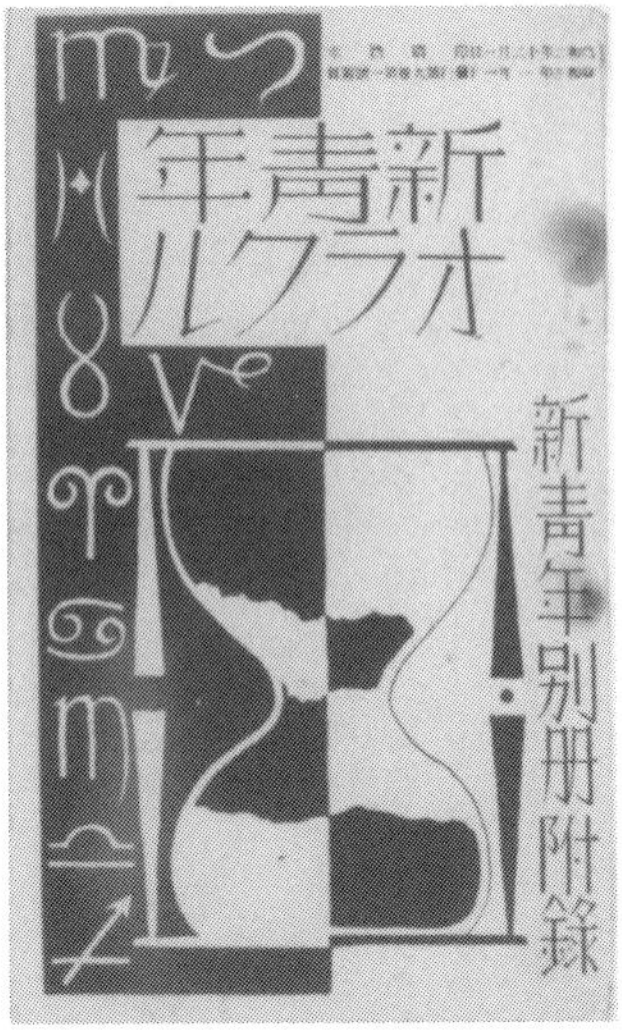

『新青年』昭和三年一月新年号用付録

ワル学生の生活を続けていた上塚貞雄は、いつものように『新青年』は読んだし、付録も見た。「自分の運命はいつも悪いほうに向いて行くようだ」とボヤイテいた彼だが、昭和三年（一九二八）には、彼の運命は好転しようとしていたのだ。

すなわち、彼は学校をサボって、イギリスの大衆雑誌『ストランド・マガジン』等から軽い小説を選んで翻訳しており、P・G・ウッドハウスとE・P・バトラーの作品を翻訳して雑誌『新青年』の編集長である横溝正史に原稿を送りつけたのである。すると、送った原稿のことなど忘れた頃になって、横溝正史から次のような手紙が届き、なんとも慌てたものだった。貞雄は、こんなことを書いている。(注2)

原稿は採用できるのが二篇ほどあるが、

ついては今後のこともあるので、一度社まで来てくれないか、と大へんなことが書いてあった。こいつはとんでもないことになったぞ、と驚くよりも怖くなった。

横溝さんからのこの一通の手紙が、私の人生を変えてしまうことになろうとは、もちろん思いも及ばなかった。


かくして、上塚貞雄の翻訳になるユーモア小説、P・G・ウッドハウスの「写真屋の恋」とE・P・バトラーの「守り神」が『新青年』九巻六号（昭和三年五月）に掲載され、ここから翻訳家としての道が開けたわけである。

ウッドハウス（一八八一〜一九七五）はイギリス生まれ、ロンドンで銀行勤めのかたわらパブリック・スクールを舞台にした小説を書いて認められた。『新青年』の翻訳登場頻度は第三位だ。一九五五年、アメリカに帰化している。

これに対してバトラーのほうは、もともとのアメリカ人でユーモア作家だった。

こうして上塚貞雄は、ユーモア小説の翻訳家として出発することになったが、まだ学生だから原稿料の三十八円四十銭は、あのうるさい叔父・司のところに届けられた。青山学院三年生、22歳の時のことだ。当時は大学卒の初任給が三十五円程度だったから、得意満面である。

しかも幸運はまだ続く。

翌昭和四年の二月号にはユーモア小説「殴られる」を書いて、作家としての登場も果たしたのである。これは誤報じゃあないのだ！

博文館と初期の『新青年』

誠文堂新光社の小川菊松社長は、わが国の出版界を築いた人々(注3)として、博文館の大橋佐平、實業之日本社の増田義一、講談社の野間清治の三人を挙げている。

博文館は明治以来、大手雑誌出版社の中の最大手だった。総合雑誌『太陽』、娯楽雑誌『冒険世界』などが、その代表である。『少年世界』の主筆は巌谷小波で、押川春浪をデビューさせたが、大正時代になると硬派の博文館は、読者層とのあいだにズレを生じ始める。『少年世界』ではなくて『赤い鳥』のようなロマンを求める時代になってきたのだ。

それでは『冒険世界』は如何であろうか⁉

王者・博文館も限界を感じるようになる。やはり、これも危ない。じゃあ、どうするか？

このとき抜擢されたのは、編集局長・長谷川天溪の推薦で入社し、一年ほど編集を手伝っただけの森下雨村《うそん》だった。彼を編集長にして、『冒険世界』の後進誌を作る案が浮上し、社主の方針で誌名は『新青年』と決まった。

創刊は大正九年（一九二〇）一月、創刊号の表紙はありきたりの農村風景だ。これは堅実な地方青年の育成、科学技術の啓蒙、海外雄飛の促進、有識者による修養訓話などという、背後の意見がつよく働いている。おかげで創刊号には陸海軍の中将連中が一筆書いている。これではゼンゼン面白くない。

これに飽き足らず英米探偵小説を入れるようにしたのは、ほかならぬ初代編集長の森下雨村だった。彼は人材を集め、(注4)大きく方向転換の舵をとったのである。

昭和二年（一九二七）になると、森下雨村が『文藝倶楽部』の主幹に転じたので、三月号から横溝正史が『新青年』の第二代編集長になる。じっさいに上塚貞雄の面倒をみたのは横溝だった。横溝との縁は終生続く。

もっとも、横溝の編集長時代は短く、昭和三年十月号から第三代・延原謙編集長の時代になる。彼は英文学の翻訳家でお洒落な完全主義者であり、水谷準が彼を支えた。

延原の時代も短く、昭和四年になると、水谷はすぐ第四代『新青年』編集長になる。水谷はモダニズムを全面に出し、上塚に人気コラムの「阿呆宮」や「阿呆宮一千一夜譚《ものがたり》」の執筆を任せた。小話の頁から「阿呆宮」が独立したのは、昭和二年からで、最初は牧逸馬が書いていた。彼の本名は長谷川海太郎で、谷譲次や林不忘などの筆名も使って書きまくっていたから忙しく、横溝正史と水谷準があとを継ぎ、それが上塚貞雄に回ってきたわけだ。

土岐雄三によると、(注5)その上塚が博文館に入るとすぐ「阿呆宮」の仕事を青山学院の級友だった土岐にバトンタッチした。土岐は三井信託銀行に入っていたのでこれは内職だったが、一回四頁の稿料が二四円だったから、いいアルバイトになったという。ちなみに当時は、カレーライスが十銭程度で喰えたというから、相当な金額だったわけだ。

さらに上塚貞雄は、昭和五年の正月から早春にかけて、面白さを感じさせるような作者を探して、友だちにしようとしていた。

かくして学生時代の最後の段階で、横山隆一や清水昆などの新しい漫画家を発掘していたのである。

先輩そして御同輩

昭和五年三月、青山学院の大学を卒業した上塚貞雄は、さっそく四月に博文館へ入社した。『新青年』編集部への就職だ。

ラッキー・ボーイであった。だが翻訳家としての実績も、たいしたものである。上塚貞雄名義で入社前の昭和三、四年当時、『新青年』に訳したものを列挙しておこう。年号の「昭和」は略しておく。

P・G・ウッドハウス「写真屋の恋」（三年五月（欧米作家傑作集）号）、「J・S・E・M」（三年八月（探偵小説傑作集）号）、「湯たんぽ騒動」、「豚―やあ―あ―あ―い」、「失恋救済策」（三年九月（ウオドハウス短編集）号）、「少しは他人の喜ぶことも」（三年十二月（サンタ・クロオズ・ナムバア）号）、「大歓迎」（四年三月号）、「禁煙奇譚」（四年八月号）、「帰っていきたい、帰りたい」（四年夏季増刊（探偵小説傑作集）号）。

E・P・バトラー「蚤の先生」（三年八月（探偵小説傑作集）号）、「馬の脚物語」（四年一月（新春増大）号）、「ビリイの改心」（四年三月号）。

S・リイコック「さよならを言えない男」（四年一月（新春増大）号）。

リン・ドイル「ぼしん事件」（四年一月（新春増大）号）、「吠えない犬」、「求婚異聞」、「鴨の鴨」

（四年三月号）、「部長さんは酔払」（四年六月増大号）。
W・アレキサンダア「名医の手術」（四年夏季増刊（探偵小説傑作集）号）。
S・オーモニアウルラン「遺言綺譚」（四年夏季増刊（探偵小説傑作集）号）。
R・A・フリイマン「海辺の足跡」（四年夏季増刊（探偵小説傑作集）号）。
トリスタン・ベルナアル「探偵の話」（四年夏季増刊（探偵小説傑作集）号）。

入社以後、上塚貞雄はペンネームを考えていた。だが24歳、まだ分別にことかける。同年五月から彼は乾信四郎（カンシンシロウ＝感心しろ）のペンネームを使ったが、さすがに気恥ずかしくなって、十一月から乾信一郎《いぬいしんいちろう》に改めた。

当時の博文館は、関東大震災後に小石川の社主・大橋家の屋敷の一つを社屋にしたままの状態が続いており、ここに『文藝倶楽部』、『講談雑誌』、『朝日』、『少年少女譚海』、『農業世界』などの雑誌の他に、日記部、辞典部、営業部、広告部などの大所帯が入っている。『新青年』編集部はこれからはみ出たバラックの二階だ。

ここに水谷編集長、先輩編集者の荒木猛（＝橋本五郎）、それに乾の三人で仕事をしているわけだが、渡辺温のおかげで入社できたのかもしれない。後年、乾信一郎は『新青年傑作選』の月報Ⅳ[注6]の中で、次のように述べている。

私が拾い上げられたのは翻訳をしていたこともあるが、編集部員であり将来を嘱望されていた新進作家の渡辺温氏が踏切事故で急死されたことによる方が大きいらしい。

渡辺温のことを考えると、内心忸怩《じくじ》たる想いがするのだろうが、乾信一郎には温の死亡の責任があるわけではない。当時博文館には、水谷準投手・乾信一郎捕手というバッテリーの草野球チームがあったから、そんなことにでも気を向けて、クヨクヨするのはヤメにしよう。

それに仕事以外の仕事というものも、いろいろあるものだ。「酒」というやつも、その一つだろう。新入りだから誘われると、無下《むげ》に断るわけにもゆかないが、あいにく乾信一郎は飲めないのである。コップ一杯のビールでウィスキーを一本空けたくらい真っ赤になるが泥酔するわけではないので、酔っ払った先輩連中をタクシーに乗せる役が回ってくる。

幸か不幸か、当時は通称「博文館村」なるものが小石川の小日向台町にあって、そこに森下雨村大人はじめ、横溝邸も水谷屋敷も、延原邸も松野画伯屋敷も軒をつらね、独身者・乾の住む木造アパートも近くにあった。だから纏めて送るのには好都合だった。

そのうちに横溝さんや延原さんの退社があって、こうした夜の編集会議はなくなるので、昼の部分へ話を戻そう。

水谷準についてはここで説明を加えるまでもないが、荒木十三郎は筆名で本名は荒木猛、上塚貞雄よりは3歳年上で、橋本五郎の筆名も使っている探偵小説作家だ。日本大学の美術学科中退で、どこか翳りのある人物だった。森下雨村の庇護を受けて、編集と作家とどちらが本職か分からないが、かなりの量の翻訳をしていた上塚貞雄にとってはいい環境である。

もっとも『新青年』には、単なる寄稿家というより院外団とでもいうような人が大勢いて、電話一本で準編集者のような役もしてくれたので、小人数でもやってゆけたらしい。

こうして人脈が拡がってゆくのだが、上塚貞雄が『新青年』で翻訳稼業をし始めた頃、すでに多くの翻訳家がいた。大正時代からの翻訳家としては、妹尾アキ夫、平林初之輔、西田政治、保篠龍緒（フランスのルパンもの）や英語もフランス語もできる田中早苗のほか、編集長となった延原謙は英米文学であり、コントの翻訳はだいたい山野三五郎（水谷準）だった。

その他、黒沼健、玉川一郎、吉田甲子太郎《きねたろう》、浅野玄府《げんぷ》たちも常連であり、探偵小説育ての親である小酒井不木も翻訳をしていた。乾信一郎とほぼ同じ世代の作家としては、久生十蘭や渡辺啓助がいる。十蘭はフランス帰りで、翻訳・翻案・演劇から作家として伸びてゆく。

渡辺啓助は、前頁の引用文中に名前の出た渡辺温の一つ違いの兄だ。温の死亡後に作家を目指したので、年齢の割には出遅れていたが、意欲的に探偵小説を執筆し始めていた。

ここでチョッと道草をくうと、昭和六年の四月号に「第二の復讐」で新人入選となった渡辺文子という、ブラジル在住の若い女性がいた。ある日、彼女が『新青年』編集部に来て、「近頃、橋本五郎さんという方が頑張っていらっしゃいますね」と言ったのだが、その対応に出ていたのが本人の荒木猛だったのである。

乾信一郎は特に彼女との関わりはなかったが、たまたま同じ明治三十九年（一九〇六）の生まれだったので、なんとなく心に残った。在日中の彼女は、多くの日本の雑誌に寄稿していたが、四年後にブラジルに帰った。

乾信一郎となった上塚貞雄のほうは、編集業務の合間に探検ものや動物ものの翻訳や自作のユーモア小説を書き始め、翻訳ではこの年『オルチイ集』（博文館）を発行している。オルチイはオルツィーなど別の表記もあるが、ハンガリーの男爵令嬢B.E.Orczy（一八六五〜一九四七）で、ロンドンの美術学校に学び、イギリスの挿絵画家と結婚した。『紅はこべ』で有名になり、安楽椅子探偵の典型「隅の老人」シリーズなどを残した。

2節　キナくさい戦前

人気コラムを瞥見すると

昭和というヤケに長い時代を「戦前・戦後」と二つに分けるなら、昭和元年の始まった日から二十年八月の終戦の前日までは、戦前と呼んでよいのかもしれない。

しかし、この二十年足らずの期間はノッペラボーな同じ戦前ではないだろう。ダメ学生の上塚貞雄がグレ学生として暴れまわり、どうしたはずみか博文館に入れてもらった昭和初めの数年間は、大正ロマンの続きのような夢も希望も残っていた。昭和初期と呼んでおこう。

前節で「阿呆宮」や「阿呆宮一千一夜譚」について述べたが、人気コラムと称されるものには、いろいろあった。

モボ・モガお好みの「ばにてい・ふえいあ」は昭和四年から、お洒落《しゃれ》のすすめの「ヴォガン・

ヴォグ」は昭和五年から始まっており、この一角を担ったモダンボーイ中村進治郎は、現在ではその名を知る者は少ないとしても、昭和初期きってのイケメンだった。

当時の言葉で言えばモボの代表であった中村は、『新青年』の「ヴォガン・ヴォグ」以外にも、いろんな雑誌に登場していた。湯浅篤志(注7)によれば『文藝倶楽部』、『サンデー毎日』に短文・雑文を書いたり、『文学時代』の座談会に出たりしている。また村上裕徳(注8)は、横溝正史の諸作品に登場する多くの主人公に中村進治郎の片鱗を見出し、詳述している。

中村は昭和七年十二月に情死未遂事件を起こすなど、昭和初期におけるエロ・グロ・ナンセンスの代表的存在だった。相手の高輪芳子（本名・山田英《ひで》）だけ死なせて自分は生き残ったのだから、世間の風当たりは強い。懲役二年・執行猶予三年の刑が下されて娑婆に戻ると、『新青年』の「ヴォガン・ヴォグ」欄の担当は外され、昭和八年三月号からは、長谷川修二に交代となったのである。

彼は情死未遂事件から二年後に自死した。似たような事件を起こしても太宰治と違って、彼は僅かの雑文と浮名しか残していない。横溝正史によれば「（職業は）不良だ」ということだが、山下武(注9)によると乾信一郎は、《女好きのする好男子がわざわいして、不道徳漢にみられ、損をしていた》と、好意的な見方をしていたという。

中村進治郎が派手な生活をしていた昭和七年、乾信一郎自身は閑なき人に捧ぐるの頁という「縮刷図書館」や、なんでも話題にする「すりい・もんきい」を企画に乗せていた。

左頁の書影は当時の「四月増大号」である。「縮刷図書館」には「『あかんべ』に関する一考

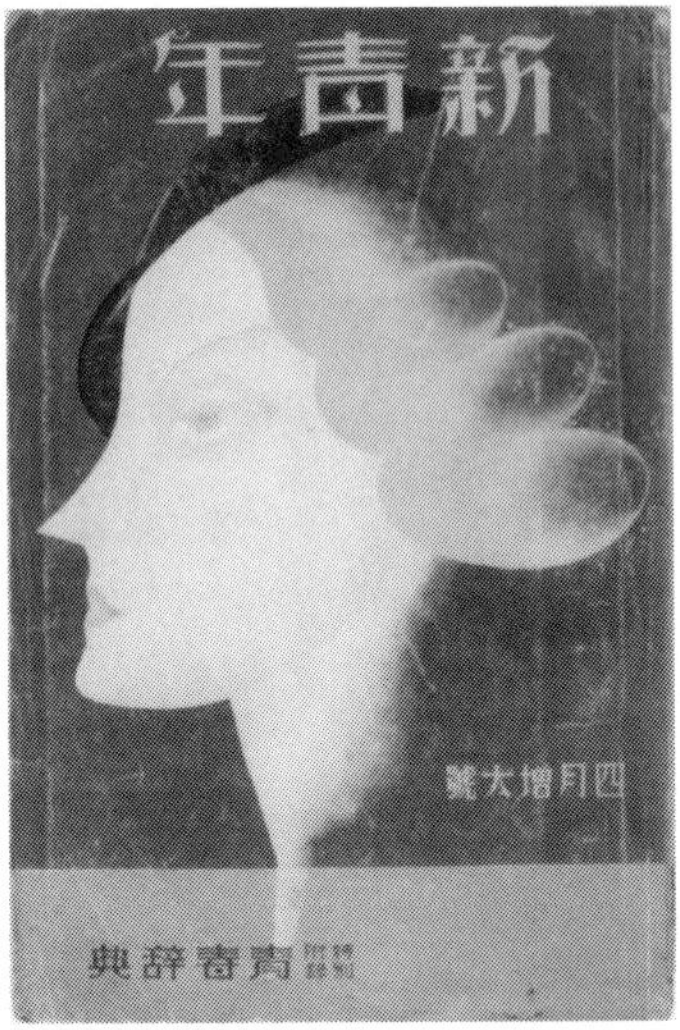

『新青年』昭和七年四月増大号

察」、「嘘言発見機」、「アル・スミス禁酒法を論ず」、「隠居の性質」、「扮装秘伝公開」などが並んでいる。信一郎の「阿呆宮一千一夜譚」は、片目のほうが両眼よりよく見える、といういい加減な話で、爆笑のオチ。

子どもの頃への郷愁を誘うような「アダ名展覧会」とか、SF的な興味を沸かせる「虫喰い算」などの他、特別付録として巻末に付けられた「青春辞典」も面白い。

これは「家庭の巻」、「美味求眞の巻」、「旅行散歩の巻」、「歓楽境の巻」、「恋愛の巻」、「スポーツの巻」、「肉体解剖の巻」、「哀元道（簡単に言えば勝負事・博奕のことですな）の巻」、「音楽の巻」、「おしゃれの巻」、「職業虎の巻」、「観賞の巻」、「建物応用の巻」、「青年語の巻」から成っている。青年語はアネクドート（奇談）から始まり、エロ・ペーパーやユーモアなどを経て、ロケットやロボットで終わっており、ちょっとSF的だ。

この頃の編集には、いかにも『新青年』らしいモダニズムが感じられる。さよう、その他として映画界噂話の「シック・シネ・シック」もあった。

さらに昭和十年代の初期（まだ戦時色がそれほど濃くならない頃）のコラムとしては、「ぺーぱーないふ」がある。これは『新青年』を主体とした、問題作の寸評だ。

ところで十年の三月、乾信一郎は博文館の大衆読物雑誌『講談雑誌』の編集長になった。それでは職場が替ったところで、上塚司や上塚家に目を向けてみよう。

世の流れと上塚家の情況

話が前後するが、『新青年』昭和六年六月号には、「アマゾンの「空と水」」という話が載っている。これは實業を重んじ文弱にうるさかった、あの叔父・司が書いたものだ。それを簡略化すれば次のような話である。

――南米のアマゾンと言うと猛獣・毒蛇、原始林の毒草を思い浮かべるが、そんなところではない。筆者は世界各地を歩いてきたが、アマゾン流域の気候ほど好適なところは余り出会わなかったと言う。さらに利用できる動・植物に触れ、近寄るべからざる神秘境ではなく、自分は小男のほうで腸も痛めやすいが、アマゾンの気候は快適であり、移民政策上の空お世辞ではない……。

アマゾン川はアンデス山脈から発し、ブラジル北部のアマゾン盆地を東に流れて大西洋に注ぐ、水量・流域面積ともに世界第一の大河である。上塚司の夢は大きかった。(注10)

他方この号には、ルネ・クレールの名画「巴里の屋根の下」の紹介もあり、まだ自由な感じが漂っている。この号の編集兼発行人は森下岩太郎（雨村）、印刷人は大橋光吉で、編集後記に「戦争と新青年、どうも似合はない」と書いてある。署名は〈J・M《ママ》・〉となっているから水谷準だろう。定価は六〇銭だった。

同じく博文館が出していた『講談雑誌』の六月号は三〇銭で、『新青年』と比べると割安の感じだ。乾信一郎は「新版猟奇小品集」に「貞操を賭ける女」を載せている。ちなみに博文館の『少女世界』同年同月号は四〇銭だった。

さて嘘のような話だが、昭和初期までの日本帝国海軍には「ユーモアを解せざる者は海軍士官たるの資格なし」との伝統があって、広島県にあった江田島の海軍兵学校でもこうした教育がされたと聞いている。この伝統が続いていたら、日本の歴史は違ったかもしれない。

ところが、昭和七年五月十五日、海軍の青年将校らによって犬養毅首相が射殺され、政党内閣政治に終りが告げられた。政治の舞台は溶暗を始め、同月二十六日には海軍大将・斉藤実《まこと》を首相とする内閣が組閣された。

横山隆一らによる「新漫画派集団」が結成されたのは、その少しあとである。世間は、政治の主流が変わりだしたことを、それほど重大には受け止めていなかったが、ユーモアの通じない時代が近付いていたのだ。

この年（昭和七年）十二月十九日、全国の新聞百三十二社が「満州国独立支持」の共同宣言を発表し、上塚司や周平のブラジル移民案は遠ざけられる。もし日本の移民政策の主流が満州でなく、ブラジルなどの南米に向いていたら、日本の運命は変わっていたかもしれない。


暗い話ばかりでは面白くないので、明るい報告もしておこう。

その一つは、乾信一郎の結婚である。彼が千代子夫人（旧姓・岩田）と結婚したのは昭和八年五月、新緑の美しい頃のことであった。

第一章2節でチョッと触れた、大正元年十月十四日生まれの女性である。彼女の実家は、戦前、神田で津久土《つくど》軒という洋食屋をしていた。百人ほど入れる大きな店で、のちには牛込に移った。十二人兄弟で、養子縁組をした者も多かったようだ。

小柄で陽気な千代子は、痩身で馬面の信一郎とは反対の点も少なくなかった。東京のかなり自由な商家の家風からは想像できないような、熊本の旧家の重苦しい雰囲気や両親のことなど、彼の家庭の複雑な一面もある程度は知っていたが、たいして気にしなかった。じっさい、良い夫婦として生涯を過ごすことになるのである。

ところでこの新婚生活に、妙なエピソードが入ってくる。新居のことを話しておこう。

結婚した当時の昭和八年の春、友人の世話で新居を構えたのは青山の高樹町。ところがここには週に一回ぐらい刑事が来て雑談をしてゆく。オカシイと思ったら、以前、大森事件（赤色ギャング事件）の犯人が住んでいたので、そのあとに入居した乾信一郎こと上塚貞雄にも思想的な嫌疑がかけられた、というわけなのだ。これはジャズ・エイジのモダンボーイとともに、左寄りのマルクス・ボーイや右寄りの青年将校が蠢《うごめ》いていた時代のことである。

もう一つは、叔父・上塚司の口述筆記による『高橋是清自伝』(注11)が出版されたことだ。

高橋是清（安政元年〔一八五四〕～昭和十一年〔一九三六〕）は、江戸の生まれで官吏となり、日銀総裁から衆議院議員に転じた。昭和二年の金融恐慌を救い、九年には岡田内閣の蔵相になった。当時、上塚司は高橋の秘書をしており、この自伝は初め『朝日新聞』に発表されたものを、あとで単行本化したものである。

司は貞雄の文科進学を禁じたが、司にも文才はあった、ということだろう。

作家・乾と動物小説

前節は昭和六年の『新青年』六月号から話を始めたのだが、この年の十二月、乾信一郎はまだ上塚貞雄名義で、改造社から出た『ドイル全集』に訳文を載せている。

第一巻は延原謙および妹尾アキ夫と共著で、延原は「緋色の研究」などを、妹尾は「恐怖の谷」を、上塚は「最後の挨拶」を訳した。ドイルはシャアロック・ホウムズ（当時はこう書いた）の話を、これで終わりにする積りだったので最後の挨拶をさせたのだが、読者の要望によって再登場させたのだ。それが第三巻（昭和八年十一月に刊行）で上塚貞雄が訳した「帰って来たシャアロック・ホウムズ」となるのである。

なおこのときには、メガネをかけていない上塚貞雄の顔写真を載せており、珍しい。

当時、翻訳で人気のあったのはL・J・ビーストンが第一位、次いでジョンストン・マッカレー、P・G・ウッドハウスといったところで英米系が主体だ。日独伊枢軸同盟までにはまだ少し間があった。

乾信一郎による『新青年』への翻訳は、やはりP・G・ウッドハウスが多かった。「昭和」を略して列記すると、「預かった犬」（六年新春特大号）、「ペギーちゃん」（六年八月号）、「君子豹変譚」（七年二月新春増刊号）、「ひょっくりサム」（七年十一月～八年二月号）、「僧正と強壮剤」（九年八月夏期増刊号）などである。

この中で「預かった犬」や「君子豹変譚」は、『世界大ロマン全集』第六巻（昭和三十一年、東京創元社）で読むことができる。ただし「豹変譚」は「豹変談」になっている。

他の作家の翻訳としては、U・ベッヘル「養老院」（七年二月新春増刊号）、E・D・ビガーズ「黒い駱駝」（七年八月夏季増刊号）、H・ウィンスロー「質問戦線異状あり」（八年二月春季増刊号）、オリヴァ・パイク「襲う鴉」（八年十一月）、チャーレス・ロバーツ「新参者」（八年十一月）、ジョンストン・マッカリー「サムと指紋」（十年夏期《ママ》増刊号）、M・D・ハヴィランド「海賊（動物小説）」（十年十月特大号）などがあった。

別のペンネームによる翻訳もあった。『科学画報』第二十三巻四号（昭和九年十月）にヴィンセント・コルニエの「落下する埃」を、吉岡龍名義で訳出しているのだ。著者はイギリスのジャーナリストで、初めはSFを書いていたが、のちにはミステリ作家になった。この短篇は、獅子座の流星群とアルカリ金属のルビジウムと人工宝石を結び付けた、限りなくSFに近い推理小説(注12)である。

昭和十年になると、戦争は徐々に拡大の様子を見せ、十月に渡辺文子はブラジルに帰った。その少しまえ、三月に乾信一郎は博文館の『講談雑誌』編集長になる。これは博文館主が通俗卑猥な雑誌から面白くてマトモな雑誌への変換を図ったためだ。まだ29歳のときだから、『新青年』での腕を見込まれたのだろう。

じっさい乾は、どんどん誌面を改め、新しい『講談雑誌』を作っていった。横溝正史が肺結核療養中だった昭和十二年の初め、正史に時代捕物の原稿を依頼したのだ。これにより落ち込んでいた正史は、「不知火捕物双紙」を書き、作家復帰への糸口を掴んだのだった。

だが同時に、乾は自分の翻訳・創作も続けていた。昭和八年には『朝日新聞』に連載していた翻訳物の動物小説を『炉辺夜話』(春秋社)として発表し、同十年には動物小説集『続炉辺夜話』(松柏館)を刊行しているので、一度、動物小説というもの(注13)につき調べておきたい。

テレビ番組で奇妙な動物の出てくる場面などを見ていると、その多様性に呆然とすることもある。どこが似ていて、どこが違うのか?

この分類に取り組んだのは、紀元前四世紀のアリストテレスだった。彼は『動物誌』において、赤い血の有無をもとに二つに分け、五百種の動物を記載している。

イギリスで生まれたアメリカの動物文学者アーネスト・トンプソン・シートン（一八六〇～一九四六）は、野生動物を詳細に観察し物語風に仕上げた三〇編ほどの作品を残した。その総称が『動物記』だ。

このあたりが動物文学のハシリと言えるだろうが、進化論のダーウインは、動物心理学者の嚆矢でもあった。以来、この分野での研究には、顕著なものがある。

日本の伝統的な昔話の中にある動物説話は、口承文芸中の空想譚だから観察をもとにした動物小説ではないが、動物学者の石川千代松（一八六〇～一九三五）が著した『動物進化論』のような科学啓蒙書よりは動物小説に近い。

動物小説で記憶に残る人としては椋鳩十（本名・久保田彦穂、一九〇五～八七）がいる。長野県生まれで法政大学卒業後、書き溜めていた山窩小説を自費出版したところ、『少年倶楽部』の編集長が「少年物も書ける」と判断して原稿を依頼し、これに応えて『山の太郎熊』（一九三八）を書いたのが始まりだ。その後、動物をテーマにした成人向け小説も発表し、多くの賞を受けている。

乾信一郎の場合は翻訳からの出発だが、幼児からの猫好きも関与している。

昭和十一年には「豚児廃業／五万人と居士」（アトリエ社）を刊行し、ユーモア小説への熱意も失っていなかったが、ユーモアの通じぬ世の中が近付いて来るのだった。

すなわち、昭和維新を目指す皇道派の青年将校による雪の二・二六事件が発生し、内大臣・斉藤実や、上塚司が記した高橋是清が殺された。この朝、いつものように乾信一郎は青山高樹町の自宅から、バスで日本橋の博文館に向かったがバスが迂回し始め、機関銃を据えた反乱軍と遭遇している。しかし事件は早期に鎮圧され、まだファシズム一辺倒には至っていない。

大人の世界はともかく、子どもにとっての重大事件は、むしろ江戸川乱歩作「怪人二十面相」の『少年倶楽部』への連載開始であった。

昭和十二年には、乾信一郎は『講談雑誌』編集長として成績を上げながら、『新女苑』二月号に「声の人」を載せるなど幅広く執筆していたが、博文館では人事異動が練られていた。乾信一郎の『新青年』編集長への横滑り格上げであり、『講談雑誌』のほうは、乾の下で助手をしていた吉沢四郎が編集長になる……。

3節　「戦中」のミジメな日々

戦前から戦中へ

大陸の戦線は徐々に拡大してゆき、昭和十二年の後半には、陸軍による盧溝橋事件（七月七日）や海軍陸戦隊による上海事変（八月十三日）などが起こった。

ここに時代の区切り(注14)が感じられる。十五年戦争は第二段階の日中戦争へ突入したのだ。十二年前半までを狭い意味の「戦前」、後半以後を「戦中」と呼んでおこう。

八月には一部の作家が特派員として戦地に赴いた。九月には内閣情報部が設置され、十一月には大本営陸・海軍部に報道部が置かれた。

乾信一郎が『新青年』編集長として戻ってきたのは昭和十二年の九月だったから、「戦中」の時代に入っていたと言ってよい。

乾の頭の中には、やりたい企画がわんさと渦を巻いていた。彼はそれを実行に移したかったが、思うようにゆかないのだ。彼は背後に軍部の影を感じた。『新青年』編集部の先輩だった橋本五郎（荒木猛）は召集されて、中国大陸へ渡った。

十三年になると軍部の独走が目立つ。四月一日に国家総動員法が公布され、戦地へ送る慰問袋の中には、小さな遊び道具などとともに大衆雑誌が入れられていることもあった。

日本人は本を読むのが好きなのだろう。そのことは軍部もよく知っていたのだ――。

恤兵《じゅっぺい》という言葉がある。「じゅつへい」とも読む。「出征兵士の苦労をねぎらい、物品を贈ること」で、恤兵のための寄付金は恤兵金という。

昭和七年頃から、陸軍恤兵部は『恤兵《じゅっぺい》』という雑誌を発行し、将兵に配布していた。海軍恤兵部が『戦線文庫』[注15]を発行したのは、国民の目が大東亜戦争へと向きだした昭和十三年九月のことで、編集等は民間に任せたせいか、陸軍の『恤兵』より垢抜けしていた。当時の様子を『文藝春秋七十年史』[注16]から眺めると、昭和十三年とは、《まさに雑誌ジャーナリズムが大転換したとき》だったのだ。

そこで陸軍も十四年四月から講談社に委託し、『陣中倶楽部』として発行を始めた。

海軍は昭和十五年末頃より、戦地版『戦線文庫』と同じ発行日に、内地向けの市販誌として『戦線文庫　銃後讀物』（定価四十銭、以下『銃後読物』と略す）を発行した。また『戦線文庫』とは別に『くろがね叢書』という刊行物を、十七年十二月頃から出している。

延原謙は昭和十四に中国大陸へ渡ったとされているが、じつは十三年だったらしい。[注17] しかも同仁会病院で働いていたというから、なんともミステリアスな話である。

それはともかく出版界の幹部の中には、時代の変化を感じとった者もいた。『戦線文庫』創刊の前夜、文藝春秋社主の菊池寛は、密かに手を打つ。

当時、文藝春秋から独立したモダン日本社にいた笠倉寧之（のち矢崎姓）は、『戦線文庫』立ち上げのため、同僚の大島敬司らとともに海軍省に出向を命じられたのである。

こうした状況だから博文館社主・大橋進一としても、軍部と結託して勢力挽回を図らざるを得ない心境で、乾信一郎によく言い聞かせた。しかし彼は軍部への追従を拒む。

十月における最後の談合の様子を、乾は『『新青年』の頃』（前掲書）の中で、次のように述べている。

> 朝の十時頃から、社長室、すき焼き屋の二階、小料理屋の座敷と席を移しながらの、編集方針議論はくたびれもうけに終わった。
>
> しかし、やめられては、実は大いに困る、考えなおしてほしい、とも社長はいうのであっ

たが、もはや引き返すわけにはいかない。

ご意見に添うことができませんで、残念ですが……

では、一ぺん水谷さんの意見も聞いておくことにしましょう、となって水谷さんが社長の電話でやってきたが、もはや意見などがあるわけもなかった。

社長も、ではやむを得ませんな、残念ですが、とやっと納得してくれた。


大橋社長としては、ずいぶん考慮を払っての決断だったのだろう。退職金も端数がつかぬよう繰り上げてとの命令で、増額してあった。

ちびちび生活費に当てれば、長期間の役に立ったはずだが、ユーモア作家仲間の北町一郎の提唱で『文学建設』という同人雑誌を出すことになる。「寂しがり屋で無鉄砲」という子どもの頃の性格は、ずっと続いていたらしい。

太平洋の波高くして

戦争は間もなく終わるものと予想しての文学建設だったのだが、戦争は拡大の一途を辿り、日米間の雲行も怪しくなってきた。

一方、同人費は未払いが多く、乾は退職金をはたいてしまう。

それでも当分の間は、僅かながらでも執筆料が入っていた。『新青年』編集長時代の読切連載『倅太平記』は、昭和十三に春陽堂から単行本として刊行されている。十四年はウッドハウスの

『新青年』昭和十五年十一月号　写真は上塚司

『専用心配係』（東成社）、十五年はウッドハウスの『天晴れジーヴス』、『無敵相ち談役』（東成社）、動物小説翻訳集『紅鱒』（博文館）、『コント横丁』（代々木書房）などだ。

『新青年』の翻訳には、エレン・ヴェルヴィン「ごろつき象」（十三年五月号）、チャール・ロバーツ「島流しの一年」（十四年特別増刊号）、S・P・ライト「橇犬」（十五年七月号）などがあった。

生活は苦しくなり始めていたが、母親の沢と会うという、得難い出来事もあった。

貞雄（乾信一郎）にとっては二十四年ぶりの邂逅《かいこう》であり、千代子からいえば初めて姑《しゅうとめ》に会うわけだ。横浜に停泊している船内の食堂で会って、母親がトイレに行ったさい後ろを追って出ると、母親は貞雄に、子どものとき使っていた小さな肥後守《ひごのかみ》（折込式の小刀で柄も鉄製）を見せた。貞雄少年がイジメっ子たちを撃退するための、護身用だった。殺傷に用いたことはないが、母親の沢は貞雄の思い出に、その肥後守を持ち続けていたらしい……。

いろんなことが脳裡をよぎり、彼は母親に対して血の繋がりを感じた。そして久しぶりに、父親のことも思い出した。

その頃、乾信一郎は『新青年』用に叔父・司についての読物を書き終えていた。内容は司自身が同誌の昭和六年六月号に書いたアマゾンものと比べると、同じくアマゾン開拓史ではあっても、南京袋などに使う繊維植物ジュート（黄麻）の栽培に比重をかけた読物である。

これまでジュート栽培はインドが独占しており、つまりイギリスの一手販売だったのを日本が覆したわけで、その点では国策に沿った読物だったといえよう。

貞雄（信一郎）は、アメリカの農園で苦労しているはずの父親のことを思って、父の弟である叔父・司についての原稿を出しそびれていたのだが、母親と話をしているうちに気持ちの整理がついて、母親が帰ったあと、編集部に原稿を出した。

それは十五年十一月号に、「一握の種子」として掲載され、［雄飛物語］という角書きが付いていた。その最後に彼は、こう述べている。

昭和五年から九年まで、一握《あく》の種子《たね》を得るまでの血のにじむような暗澹たる苦難時代をへて、アマゾン開拓十年、漸《よう》くにして世人の嘲笑誹謗の声は賞讃の声と変わり、ジュート栽培はブラジルの新産業として否《いな》世界の新産業として、今や大きな歩《あゆ》みを開始した。（総ルビを

パラルビに変更してあります）

掲載誌が発行されたとき、乾信一郎は母親に見せたいと思った。だが日米間の緊張は増すばかりだった。もしかしたら彼女は、別れを告げにきたのだろうか？

ひょっとしたら異母弟たちと敵味方に分れるようなことがあるかもしれない……。

国家によるイジメ

この節によく出てくる『戦線文庫』が昭和十三年に創刊されてから、国策とか軍部との濃厚な関係が感じられる雑誌が多くなってきた。

すなわち『海軍』、『現地報告』、『国防国民』、『時局情報』、『時局雑誌』、『征旗』、『満州評論』、『陸軍の友』、『若桜』などである。

これらに執筆した文士は膨大な数になる。最も頻度の高いのは菊池寛で、『戦線文庫』について言えば、創刊号から第十四号まで、なんらかを書いている。

図《はか》らずも乾信一郎は、その第七号（昭和十四年三月）にユーモア・コントの「荒鷲部隊」を載せた。この《図らずも》は信一郎の書き癖で、予期しなかったことが偶然起こってきたような場合に使っている。じっさい少年時代このかた、彼の身の上には「突然」なにかが起こり、「図らずも」なにかをしてきたようだ。

軍関係の雑誌には、その後は書かせてもらえなかったのか、とにかく一回きりだった。

大雑把《おおざっぱ》に言うと、『戦線文庫』に載っている小説は大衆小説であり、記事は娯楽記事だ。硬い論説の掲載されている『中央公論』や『改造』などの総合雑誌とは、ニュアンスが違う。

進歩的な『改造』は内閣情報局の執筆禁止者名簿に内示されるような批評家の論文も載せており、昭和十七年九月十一日の横浜事件を経て、十九年七月十日、情報局は中央公論社と改造社に自発的廃業を指示し、両社は月末に解散した。（注18）

戦中期における『改造』への執筆者には、乾信一郎、海野十三（佐野昌一）、江戸川乱歩、大田洋子、小栗虫太郎、尾崎士郎、芹沢光治良、火野葦平などの名も見られる。左翼と決めつけられる者はいないし、乾信一郎を除けば、高度のイジメは受けていない。

これはやはり、軍部に協力的な大橋進一社長に盾突いて退社した男という噂が、マイナスのイメージを作っていたのかもしれない。

この頃の執筆状況を眺めてみると、「阿呆宮一千一夜譚」は昭和十五年七月（緑蔭傑作読物満載）号を最後として中止となり、土岐雄三が匿名で書いていた「阿呆宮」だけが続く。乾信一郎のほうは八月号から「国際クラブ」という小さな舞台コラムを与えられたが、これもやがて消えてゆく。

昭和十六年になると、多くの作家たちが報道班員として戦線に出て行った。橋本五郎（荒木猛）もその一人だった。彼は帰国後、病床に伏すことになる。

あとで分かったことだが、ブラジルに帰った渡辺文子は、サンパウロのコーヒー園主で経済的・政治的に一流の人物であった北島弘毅と結婚し、育児のために執筆を中止していた。

乾信一郎は、『新青年』昭和十六年九月号に明朗小説「敬天寮の君子たち」を発表した。こんな粗筋である。

——主人公の春山紅吉は、同じ村の「下田の彦さん」こと彦一が入っている敬天中学に憧れていた。念願かなって入学できたが、紅吉が入れられたのは本寮ではなく、敬天寮という名のオンボロ寮だった。校長先生の「敬天愛人」の訓話を聞きながら、蚤に悩まされ、布団蒸しの刑にあい、大水の清川で泳ぎ、大雪の阿蘇山に登ったり、いろんな事件に巻き込まれているうちに、一人前の君子になる。君子とは、学問も運動もでき、しかも話の分かる男のことだ。

脇役ながら、大地主の息子の藤沢隆も、父親の命令で東京から敬天寮に入れられた青白い花田誠一も、立派な君子として育つ。下田彦一は卒業すると、移民としてブラジルに行く……。

この年の十二月号にはM・D・ハヴィランドの動物小説「山番と狸」を訳出した。この年は、動物小説翻訳集『駒鳥』（映画出版社）も出している。

翌十七年の一月新年号には、K・ギルバートの動物小説「老豹」を訳出し、単行本としては、『村は秋晴れ』（東成社）を刊行している。

昭和十八年二月、英米語の雑誌名は禁止され変更させられた。野球用語が日本語になるのは三月からである、セーフは「よし」、アウトは「ひけ」……どうも感じが出ない。

昭和十九年七月十八日に東条内閣が総辞職し、二十二日に小磯内閣が成立した。テニアン島の日本軍は八月三日に全滅している。

乾信一郎の仕事は、ますます少なくなり、遂に収入ゼロとなる。妻の着物を質に入れたり、蔵書を売って食費の足しにするが、すぐ底をつく。

我を張って博文館をおん出た報いがやってきたわけだが、軍関係を除けば出版界全体が青息吐息だった。英米語を使った片仮名表示の雑誌名はもう見られなくなっていたし、出版社の統廃合もすすんでいた。

高崎隆治[注19]は、《軍の雑誌が昭和十九年にもなお百五十頁を越える分量を維持しているのに、たとえば『新青年』は百頁そこそこの分量しかない》と述べている。

結局、『新青年』は昭和二十年二月号をもって休刊となった。

こうした状況だから、庶民の生活はミジメなものだった。当時の実情を『「新青年」の頃』（前掲書）から引用してみよう。

一日二食が精いっぱいだ。配給外の食うものといえば、あちこちの食堂が時々売り出す一杯の雑炊を求めて、家内と二人、雑炊行列に並ぶ。一匹の愛猫は留守番、その食事は前の日に二人一尾配給の貴重品イワシの頭だけ。いまならブタも食わないであろう。何がはいっているのか、正体不明のどろどろした汁が《ママ》雑炊と称する食物、それでも他に食うものがないのだから、食わずにはおれない。

見るに見かねた表紙絵の松野一夫が、軍需工場の監督の話を持ってきたが断ってしまう。命令したり監督するのは性に合わないのだ。そこで水谷準が軍の報道班員をすすめたが、願書を出すことを拒否する。軍隊のような組織は嫌いなのだ。

しかし十九年の夏、知人の奨めで西荻窪に、飛行機部品を作る小さな町工場を設立し、なんとか貧困から脱した。青山学院へ入った頃には、レンズを磨いて天体望遠鏡を作っているから物ヅクリは嫌いではなかったのだろう。

ところが翌二十年四月、39歳の乾信一郎は上塚貞雄として海軍に召集され、長崎県相ノ浦海兵団に入団した。数え年で言えば40歳の二等水兵である。報道班員になっておれば士官扱いなのに、特別水兵という肉薄挺身攻撃隊、特攻とはいえ最低のカッコ悪い消耗品として、戦争末期のゲリラ戦の要員にされたのだ。いわば国家からのイジメである。

他方、東京大空襲のさい、乾信一郎の町工場のあった杉並区は、数回の空襲を受けた。青山高樹町の家は戦争末期、米軍の焼夷弾で焼けてしまう。昭和二十年五月二十四日から二十五日にかけての猛爆で灰燼に帰したが、妻の千代子は無事だった。

さらに特記すべきは、千代子が焼夷弾の火の雨の中を命がけで「敬天寮の君子たち」の原稿を土の中に埋め、守り抜いたことだ。

終戦となり、八月に帰還した信一郎は、千代子から原稿の話を聞いて、泣いた。有難う！

そのとき千代子も、枯れ木のように細長い彼の腕の中で泣いた。

【注】

1 原田勝正『昭和世相史』小学館、一九八九年四月。
2 乾信一郎『「新青年」の頃』（前掲書）一四～一五頁。
3 小川菊松『出版興亡五十年』誠文堂新光社、昭和二十八年八月。
4 博文館の雑誌記者にならぬかと、はじめて上塚貞雄に声をかけたのは森下雨村である。森下時男『探偵小説の父　森下雨村』文源庫、二〇〇七年一一月。
5 土岐雄三「『阿呆宮』殿、旧主の回想」（『新青年傑作選』立風書房、月報Ⅴ、一九七〇年六月）。
6 乾信一郎「そのころの編集部」（『新青年傑作選』月報Ⅳ、立風書房、一九七〇年三月）。
7 モボはモダンボーイ、モガはモダンガールの略。湯浅篤志「モダンボーイ中村進治郎の憂鬱」（『「新青年」趣味』第一四号、二〇一三年一〇月）。
8 村上裕徳「横溝正史作品に登場する中村進治郎の影」（『「新青年」趣味』第一五号、二〇一四年一〇月）。
9 山下　武『「新青年」をめぐる作家たち』（一九九～二八三頁）筑摩書房、一九九六年五月。
10 上塚司は「大アマゾンの日本新植民地」（『キング』昭和六年六月号）も書いている。
11 上塚司の口述筆記による『高橋是清自伝』は、戦後の昭和五十一年（一九七六）七月に中公文庫として再刊され、さらに平成九年（一九九七）二月には地球人ライブラリーの『高橋是清伝』として小学館からも出版されている。

12 この短篇は、『戦前『科学画報』小説傑作選』第一号（黒死館附属幻《ママ》稚園、二〇一四年八月）で読むことが出来る。

13 渡辺玲子「動物小説について」（広島ペンクラブ編『ペンＨＩＲＯＳＨＩＭＡ』二〇一四（下）、平成二十六年七月）を参考にした。

14 渡辺　晋「恤兵部発行誌及び戦中諸誌並びに執筆者たち」（『医家芸術』文芸特集号、二〇一三年一一月）は昭和十二年七月以後を「戦中」とし、山口宏治『《復録》日本大雑誌　昭和戦中篇』（流動出版、昭和五十四年十二月）は、同年八月以後を「戦中」としている。

15 軍関係の諸雑誌研究の嚆矢としては、橋本健午の解説による『『戦線文庫』解説』（日本出版社、二〇〇五年七月）がある。

16 文藝春秋編『文藝春秋七十年史』文藝春秋、平成三年十二月。

17 中西　裕「延原謙と同仁会医療班中国派遣」（『学苑・文化創造学科紀要』八五三号、昭和女子大学、平成二十三年十一月）。同仁会は、日本が欧米に伍して医学面で中国・韓国に啓発を行うべく明治三十五年に六月に設立された。

18 関忠果、小林英三郎、松浦総三、大悟法進・編著『雑誌「改造」の四十年』光和堂、一九七七年五月。

19 高崎隆治『戦時下の雑誌　その光と影』風媒社、一九七六年一一月。

第三章　昭和戦後の華やかなカムバック

1節　帰って見たもの聞いたもの

旧知、故人、そして

東京の街《まち》は、予想以上に荒れ果てていた。

昭和二十年八月十五日に終戦を迎え、月末に乾信一郎が我が家に辿り着いた頃、東京の食糧事情はきわめて悪かった。ここで暮らしてゆけるかどうか、おおいに迷う。

八月二十日に灯火管制は解除され、ラジオの天気予報は復活したが、(注1)世の中はまだ暗い。小鳥や小さな動物と仲良しの彼としては、新聞にせよラジオにせよ「明日の天気」は日常生活の中でも重要な項目になるのだ。あるいは子どもの頃から、ほとんど動物的な感覚で天気の動向を気にしていたような気もする。

アメリカ軍が東京への進駐を開始したのは、九月八日である。十月になると政治犯が釈放されたが、巷には戦災孤児があふれ、餓死者が続出した。流行歌の「リンゴの歌」までが空き腹にこたえる。十一月には餓死対策国民大会が開催された。

探偵作家のかなりの者は地方に疎開したままだ。二十年の四月初めに家族を福島県保原《ほはら》町へ疎開させた江戸川乱歩は、池袋の家も状況が悪化したので、六月上旬には疎開した。

渡辺啓助は、終戦時には長女とともに東京で頑張っていたが、食糧事情や戦後の混乱を避けるため戦後になってから、家族が疎開していた群馬県の渋川へ合流した。

横溝正史は岡山県吉備郡岡田村（現・真備《まび》町岡田）に疎開したままだ。

乾信一郎も、熊本への帰郷を考えたことがあった。いろんなことがあったが、やっぱり郷里だ。いまではイジメっ子たちにも、それほど憎しみは持っていない。熊本へ帰ろうか⁉

信一郎が迷っていると、岡山の横溝正史から手紙(注2)が来た。十二月五日付の、帰郷に反対する手紙である。

手紙は《及ばずながら大いに後援いたしますよ》で始まっており、岡山の食糧事情がよいことを述べていた。ただ困るのは塩とタバコだ、とも書いてある。ちなみに乾信一郎も、ヘビースモーカーだった。

結局、乾は熊本に引き揚げることなく東京で頑張るのだが、これには原稿の依頼が届き始めたことも関係している。

実業之日本社の少女雑誌『少女の友』編集部から原稿依頼が来たのは、横溝からの手紙の直前で、信一郎が「熊本へ帰ろうかと思う」という手紙を出した直後のことだった。

横溝はすぐ返事を書く性格だから、ごく短時間内の出来事だったのである。

実業之日本社は明治期の博文館にかわって、大正期には児童雑誌のトップになっていた。それだけに熱気が感じられる。雑誌記者は言った。「これからは先生のような、明るくて軽快な話が必要なんです」

七年ぶりの執筆生活である。彼は空き腹に鞭打って、一気に書いた。その後も、注文がくる。

もちろん博文館からも声がかかった。だがこちらは、どうも元気がない。

そのうち、よくない知らせも、いろいろ耳に入ってきた。

終戦直前の情報不全や、乾が徴兵され特別水兵という肉弾要員に仕立てられていたことなどから、他の探偵小説作家の消息には昏《くら》かったが、様子が分かりだすと、戦争末期には意外なほど多くの友人知人が死んでいた。(注3)

終戦の年の数ヵ月間だけをみても、二月には本格探偵小説の総帥である甲賀三郎が肺炎で急死している。名古屋在住の翻訳家・井上良夫は四月に、やはり肺炎で死んだ。森下雨村より少しあとに早大英文科を卒業し、フランス語もできた田中早苗の死は五月である。七月には謎文学・論理探偵小説の大阪圭吉が、ルソン島で戦死している。

前年の一月には、報道班員として南方に出発した蘭郁二郎が、飛行機事故により台湾で準戦死している。乾信一郎のあとを受けて『講談雑誌』の編集長になったなった吉沢四郎は、もっと早く死んだそうだ――そうしたことを想えば乾信一郎は、生き延びたことだけでもラッキーだと思うべきかもしれない。

そうした情報が入りだした頃から、執筆依頼が来はじめたのだ。妙な感じだった。

昭和二十一年になると、雑誌の復刊は加速し、新しい雑誌の創刊も雨後の竹の子のように増えた。そんなとき耳に入ったのは、明治三十四年生まれの小栗虫太郎の死であった。二月十日（日曜日）の寒い朝、疎開中の長野県下高井郡中野町で死んだという。

終戦後約半年、世情はまだ回復していなかった。二月十一日の紀元節は廃止となり、公職追放の記事が続き、農業会の暴露記事などが並ぶ。天気は小雨から雪になり、悪いほうに向いていた。虫太郎の死が小栗榮次郎の本名で『朝日新聞』に報じられたのは、十五日になってからだった。満四十五歳、享年四十六歳だから早過ぎる。

春が近付いた頃になって聞いたところでは、脳溢血ということだったが、乾信一郎が編集長だった頃に寄稿を受けている。残念であった。

乾信一郎が『新青年』の編集部に入ったとき、ただ一人の先輩編集員だった荒木猛（筆名・橋本五郎、荒木十三郎）は、戦後は女銭外二の筆名で短篇を書いていたが、二十三年五月二十九日に、郷里の岡山県牛窓町で死んだ。

他方、城昌幸や海野十三の薦めにより、横溝正史が村民多数の見送りを受けて岡山県の清音駅から東京へ向かったのは、昭和二十三年七月三十日だった。

昭和二十四年五月の八日には、初めて「母の日」が開かれ、カーネーションがよく売れたという。信一郎は仕事で忙しかったが、彼の中にいる上塚貞雄は、母親を呼び求めていた。

その十日ほどあとの五月十七日、海野十三（本名・佐野昌一）が肺結核の増悪《ぞうあく》によって死んだ。新聞の訃報は、虫太郎のときは五日かかったが、今度は二日後の十九日だった。海軍報道班員としての無理な生活、帰国後も科学小説の講演、愛国者・海野としては敗戦によるショックなどが重なり、悪い影響を与えたのだろう。

海野十三は信一郎より九歳年上で、彼が『新青年』の編集部に入った頃には、すでに特殊なジャンル（のちの言葉で言えばＳＦ）の書き手として注目されていた。

それに、海野―横溝―乾は文通三角なるものを作って密接に連絡し合っていた。その一角が崩れたのだ。

53歳だから、まだ早いし、惜しい。残念！

葬儀は二十二日の午後二時から、世田谷区若林の自宅で行われた。その日、別れを悲しむように、五月晴の天気は時々曇った。

言論の不自由とカストリ雑誌

戦争が終わって「見ザル・言わザル・聞かザル」の時代は去ったかにみえた。

しかし九月十九日、ＧＨＱ（連合国軍総司令部）はプレス・コード（新聞準則）を出す。新たに別の言論統制が始まったのである。

占領期雑誌目次データベースには乾信一郎の名前も散見されるし、ＧＨＱの指令による農地解放④は熊本の上塚一族に、それ相当な影響を及ぼしたのではあるまいか。

ＧＨＱの指令が、外国からの政治経済面での統制だとすれば、雨後のタケノコのように出現し、はかなく消えていった戦後の出版物、いわゆるカストリ雑誌に対する統制は国内の官憲による、文化面での統制だった。どちらも愉快なものではない。

斉藤夜居《よづえ》(注5)によると、カストリは「粕取り《かすと》」で、戦前は高級な焼酎がカストリだったが、戦後の混乱期には悪い酒のほうに誤用されてしまったらしい。バクダンとも呼ばれたメチル・アルコールを飲んで失明する者もいた時代で、それをカストリと一緒にされてはたまらない。まあカストリは三合まで、カストリ雑誌は三号まで続けばいい、といったところだろうか。

それはともかく、かなりの既成作家が疎開していた終戦直後から当分のあいだ、東京はいわば作家希少時代だったから、東京に住む乾のところには、《やたらとカストリ雑誌が殺到（ちょっとオーバーだが）書きまくっていた》そうだ。

カストリ雑誌に寄稿したからといって威張ることはないが、さりとて、肩身の狭い思いをする必要もない。当時は「おや？」と首をかしげるほどの、相当の作家までもが寄稿していたのである。じっさい信一郎も『夫婦生活』のような、カストリ雑誌と同じような系列の性風俗雑誌に寄稿している。

ただし、当局の判断によって発禁（発売禁止）になった本もあるし、出版社の寿命も、長いものではなかった。

ふたたび斉藤夜居によると、カストリ雑誌の全盛期は昭和二十二年から二十三年までで、数十誌はあったと思われる。それが二十三年の春からは、街頭や露店で投げ売りされるようになっていたそうだ。バナナの叩き売りといいところで、二十四年にはカストリ雑誌の時代はほぼ終わったと考えてよいだろう。

乾信一郎からみれば、放送台本や戦前からの大手雑誌社からの依頼で、結構忙しかったはずだ。さらにはミステリ出版を目指す新興勢力も台頭し始めていたから、あまりカストリ雑誌に頼る必要はなかっただろう。

ただし放送台本同様、きちんと保管されるケースは少ないので、どれだけカストリ雑誌に書いたかは定かでない。

保管されない出版物の中に、週刊誌もあった。週刊誌が月刊誌を脅《おびや》かすようになるのは後日の話だが、『サンデー毎日』昭和二十一年七月二十八日号には「退屈のひろひもの」というのを載せている。「ひろひもの」というのは旧仮名遣いせいで分かりにくいが「拾い物」である。そういえば十六年の『週刊朝日』にも書いていたな……。

だが、乾信一郎にとって大切なのは、『新青年』のような雑誌なのだ。当時創刊された探偵小説専門雑誌に『ロック』というのがあった。

カストリ雑誌と一緒の紹介では叱られるかもしれないから、項を改めよう。

『ロック』の盛衰

ミステリに関する雑誌も、実話雑誌やカストリ雑誌の類まで入れると相当な数になるが、筑波書林発行、山崎徹也編集長による「探偵雑誌」と銘打った『ロック』の創刊は昭和二十一年三月だから、もっとも早い部類だと言える。(注6)
以下、乾信一郎の作品が載っている号の発行月と題名等を列記し、粗筋を付け加えてみよう。
第六号（昭和二十一年十二月）「真偽奇譚」：これには「誰が一番うそつきであったか」という

副題が付いている——南方から復員した坂下と私は、なにをやっても失敗ばかり。すると坂下が、厨子伯爵家に伝わる銅鐸（変わった形の鈴）の偽物を作って儲けよう、と言い出す。その偽物が二十三万円の値を呼び、怒った厨子家が他の家宝も含めて公開展示をすると、偽物も値上がりした。そして骨董屋の争いから学会の論争になるが、考古学会の長老が死ぬ前に漏らした言葉から、厨子家の銅鐸自体が偽物だと分かる。

第七号（昭和二十二年一月）コント「神ぞ知る」：科学と超自然の話。飛行機を知らない未開人には、飛行機が超自然的なものに見えるように、幽霊も超自然的な非科学的なものではない。壁を通過する亡霊、透視できる人体、空を飛ぼうと思えば飛べるのだ——というのが園田六平の論旨だった。それから半月後、園田の家を訪れると、彼は両手をばたつかせて飛び立とうとしていた。そして空の中へ消えていったのである。

第十五号（昭和二十二年十月）動物小説「静かな沼」：広い谷間の草原に住みつく象の一群、そこは沼があって食糧庫であり、水浴場でもあった。そこへ子象が生まれて祝福されるが、厳しい乾燥期が来たので、群の指導者である老いた牡象は、この土地を捨てて移動する決心をして出発する。だが、少し歩くと子象が遅れて旅ははかどらず、乾燥がひどくて山火事が起こり、密林の獣たちは風上へ逃げて行く。山火事の危険は迫り，象群の指導者は電波探知器のように感知し、進む方向を変える。子象も急ぐが動けない。

焔と煙があたりを包む。母象は沼から含んで来た水を子象や周囲に注ぎかけ、子象におおいかぶさったので自分は大火傷をするが、なおも水を運ぶ。

『ロック』十五号、乾の動物小説「静かな沼」掲載

——それでも、母象は、殆んど見えない目で、沼へたどり着いた。たどり着いて、冷たい水に身体をひたした時には、精も根もつき果てていた。……

だが、母象には、焔に包まれた子象の姿が目の前に見えるのだ……力のつきた身体をふるい起して母象は鼻から水を一ぱいに含んだ。そして、よろよろと焼けた密林へと駆け始める……。

結局、母象は死んで子象は助かり、帰ってきた象の仲間とともに育ってゆく。

そして沼は、もとのように水をたっぷりたたえ、《熱帯の抜けるように白い雲を映して静かに美しかった》と描写して終わるのだ。

自然の非情と美、その中に生きる生物の愛と智、人類だけが知的生物ではない。

象の集団における母子関係には、乾信一郎の父親・母親に対する感情移入があるかも知れない。タイトルの沼に象徴される自然の摑み方には、ミステリよりもSF的なものが感じられるが、先を急ごう。

第十六号（昭和二十二年十二月）特輯「ネオ・イソップ物語」：宝石を砕く猿の話、目を入れかえた豚の話、安全な強盗商売をした狐の話、熊と狼とが正義を守るという話、銀狐の毛皮とその命の話――以上の五編が載っている。

なお、この号には昭和二十二年十二月発行予定の、冒険雑誌『少年ロック』の広告が載っている。

第二十三号（昭和十三年十一月）発明奇談「偉大なるかな発見」：結核の予防というテーマの短篇映画を見た男が、私財を投じて文献を集め、研究室を作った。研究が進むにつれ秘密主義になった男は、研究が盗まれることを恐れ、メモ類もすべて頭の中に入れ込んでしまった。だが彼の健康はむしばまれ、研究の完成と同時に彼の命も終わった。それでこの大発見も、墓へ入ってしまった。ショート・ショートである。

残念ながらこの『ロック』も、昭和二十四年八月号をもって終刊した。競争は激烈なのだ。カストリ雑誌ならずとも、出版は水物である。戦後の出版業界を見直しておこう。

2節　創刊・復刊の動乱期

早川書房の躍進

ミステリを中心とした戦後の出版界には、大きな地殻変動が起ころうとしていた。その一つは昭和二十年（一九四五）八月十五日、終戦の日における早川書房の出現だ。[注7]

創業者の早川清は、一人っ子だった、父親は軍需協力工場を経営していたが、彼は両親に連れられて歌舞伎や寄席、そして映画を見たものだった。それが彼を演劇青年にした。

彼の父親が経営していた軍需協力工場が空襲で完全に焼き払われた廃墟で出版業を始めたのだが、清は演劇雑誌を出版したくて、終戦を待ち望んでいたらしい。俳優のチャップリンは、どんなボロ服でも胸に白いハンカチをのぞかせていたそうだ。清は、そうした英米文化に憧れ、翻訳出版を始めたという。

つまり、早川書房創業のきっかけは演劇書の出版であり、昭和二十二年十一月に『悲劇喜劇』を創刊した。これは戦前の岸田国士による同名の『悲劇喜劇』[注8]とは別のものであり、ハヤカワ「悲劇喜劇」賞を設けるに至った。

しかし性格的に、既存の出版社の真似をするのは嫌だったから、演劇書の他に海外のミステリなどのエンターテインメントものを翻訳出版することに腐心したのだった。

その成果の一つは、縦長の判型が特徴の「ハヤカワ・ポケット・ミステリ・ブックス」（以下、

「ハヤカワ・ミステリ」と略す）の出版である。昭和二十八年（一九五三）年、英米の作品を中心に刊行を始め、多くの魅力的な本を刊行している。第一巻は九月五日付けで出た。

また三十一年五月四日には、『エラリイ・クイーンズ・ミステリ・マガジン』（日本語版）創刊披露パーティーを日活国際会館で開き、七月号を創刊号として出版した。雑誌名が長過ぎるので、しばしばＥＱＭＭと呼ばれる。これは本書での略記ではなく、一般に用いられる略称なのである。（ちなみにＥＱＭＭがアメリカで創刊されたのは昭和十六年（一九四一）、太平洋戦争が始まった年である）。

この両者、わけても「ハヤカワ・ミステリ」が戦後の読書界に与えた影響は大きい。その功績により昭和三十一年、早川清社長に第二回江戸川乱歩賞（注9）が贈られた。授賞式は六月三十日、日比谷公園の松本楼で行われた。「ハヤカワ・ミステリ」は同年五月、すでに一五〇巻に達していたのだ。（ついでながら第一回江戸川乱歩賞は、中島河太郎が受賞している）。

乾信一郎の「ハヤカワ・ミステリ」への初参加は、ジェームス・ヒルトン『学校殺人事件』（注10）（昭和二十九年十二月）である。このシリーズは「一〇一」から始まっており、乾の作品は「一七〇」である。解説は江戸川乱歩で、粗筋は次のようなものだ。

——高校の寄宿舎で起きた連続怪死事件には、奇妙なワナがあるようだ。校長から呼び出された第一の探偵は詩人のレベル青年、これに第二としてロンドン警察のガスリー警部が加わり、さらに第三の探偵まで登場するが、証言が錯綜して混乱するばかり。ところが、意外な事実が判明してくる……。

その後、早川書房はＳＦも扱うようになる。そうした発展の軌跡や二代目社長のことなどは第五章以後に読んで頂くとして、雑誌『宝石』に移ってみよう。

岩谷書店と宝石社

探偵小説雑誌『宝石』の誕生について、乾信一郎には古い記憶がある。

いわば誕生前の物語で、乾自身の記述によれば、まだ終戦時からあまり日が経っていない頃、江戸川乱歩から「手伝ってもらいたいことがあるから会いたい」と連絡があった。

さほど親交はなかったものの、大乱歩からの呼び出しだから、ともかく出向く。まだ瓦礫の山が片付いていない芝の佐久間町あたりだったように思われるけれど、どこかの店先を仮事務所にしたような場所だった。

乱歩は戦前とはガラリと変わって若々しくなっており、わきに顔色のあまりよくない小柄な男がいた。彼は明治時代に有名だった「天狗煙草」の販売元・岩谷商店の三代目に当たる岩谷満だった。満は探偵小説ファンであると同時に、岩谷健司と名乗る詩人でもあった。それが全私財を投じて、探偵小説雑誌を作ろうというのである。(注11)

福島県に疎開していた乱歩が池袋の自宅へ帰ったのが昭和二十年の十一月で、すぐ話に乗ったようだから、乾の話は年末に近い頃だろうか、乱歩が監修をするので乾に編集をしてくれないか

――という話だったのだ。

乾は自信のない返事をしたが乱歩は積極的で、誌名は『宝石』と決めており、乱歩のお供をしていろんな人と会った記憶だけは残っているが、昭和二十一年になってからは、直接タッチすることはなくなっていった。

実務については岩谷満、城昌幸、武田武彦の三人のあいだで進められていた。詩人としての岩谷は健司であり、城は左門であった。武田も詩人だから気が合ったのだろう。

ここで乱歩の記録に移ると、(注12)昭和二十一年二月十六日に城昌幸、岩谷書店主、武田武彦の三人が探偵小説雑誌『宝石』創刊の挨拶に乱歩邸を訪れている。同月二十五日には、岩谷と武田が寫眞班二名を連れて来る。このとき撮った写真は『宝石』創刊号に使う予定だった。

じっさいに『宝石』が発行されたのは三月二十五日で、例の写真は表紙裏に掲載され、その下には「撮影、岩谷吉二」と印刷してあるから、岩谷社長の一族であろう。

この頃になると、乾信一郎は完全に経営スタッフ・編集スタッフからは外れており、創刊時の『宝石』は、岩谷社長、城編集長、武田編集員というスタッフ構成で出発した。

当時は用紙統制法による割り当てがあったので、闇紙も買って五万部刷ったが、アッという間に売り切れた。だが、これは『宝石』に限ったことではなく、どの雑誌もよく売れたのである。初めての『宝石』第一号で行った探偵小説募集では、七名が入選し、香山滋、島田一男、山田風太郎たちが生き残り、少し遅れて昭和二十三年の『宝石』八月号に大坪砂男が「天狗」でデビューした。本格探偵小説作家が持っていない文体だった。

詩人トリオの運営する『宝石』のことだから、初めは詩も掲載していた。道楽じみているので、詩は廃止したが、乾信一郎は不安だった。「チャンスのあとにピンチあり」なのだ。

終戦直後の異常な好況はすぐさま去って、売れ行き不振となる。そこで社業の拡大による均衡を図った。すなわち、昭和二十三年『宝石』十一、十二月合併号より武田武彦が編集長、城昌幸は岩谷書店の雑誌・書籍の総編集長となったがうまくゆかない。

九鬼紫郎（注6の書籍参照）によると、『宝石』が出した百万円の懸賞小説は、候補作はあっても賞金が捻出できない有様。おまけに、大衆娯楽雑誌『天狗』を創刊したものの、これまた失敗で、岩谷書店の没落は決定的になったのである。

ここで時計の針を逆に回し、江戸川乱歩の『探偵小説四十年』（昭和三十六年七月、桃源社）を見ると、昭和二十一年六月十五日のところで第一回土曜会について述べている部分に、《宝石社二階にて探偵小説を語る会》と書いている。

この場所は、日本橋川口屋銃砲店ビルの一階の一部を借りて『宝石』を発行していた岩谷書店に頼んで、銃砲店の二階の広間を借りて集まりを開いた、というのである。『宝石』の発行所は「岩谷書店」と印刷してあり、「宝石社」という言葉からは、経営主体についての混淆があるようにも思われる。じっさい間もなく、経営は行き詰まってきたのだった。

しかし乾信一郎は、経費削減・低稿料の『宝石』に寄稿することを厭《いと》わなかった。

昭和二十六年六月号には「ぐうたら守衛」を書いており、編集発行人は岩谷満、発行所は岩谷書店、表紙絵は中尾進である。これは昭和三十年に東方社から出版された短編集の中に収録されている。

さて乾信一郎は、昭和二十七年五月号から読切連載の「アパート鬼念帖」を書いており、六月号では、〔現代明朗〕の角書きを付けた「題「屋上風景」」という、なんだか奇妙な題のユーモア小説を書いている。

同年九・十月合併号の秋季特大号は「小さな大秘密」で、目次の角書きは〔現代明朗〕だが〔鬼念帖〕の第五話である。他に〔懐かしのメロディ〕としてウッドハウスの「ペギーちゃん」が載っており、目次には訳者の名前は出ていないが、本文の末尾に括弧付きで（乾信一郎　訳永田力）と小さく印刷してあった。

話の腰を折るようだが、当時の『宝石』についての情報を挿入しておく。昭和二十七年九月四日、城昌幸は探偵作家クラブの幹事を招き、岩谷書店の組織替えについて了解を求めた。岩谷満社長の病気による引退と、城昌幸の新社長就任の件である。

苦難の『宝石』を見て、育ちのいい社長の岩谷満は退陣し、編集長の城昌幸が「宝石社」社長になった。十二月号クリスマス特集の「怪盗ココニアリ」は、「アパート鬼念帖」の第七話で、編集発行人はまだ岩谷満のままだ。

昭和二十八年四月特別号では、乾は市井明朗の角書きを付けた「幸福なる人種」を載せている。「アパート鬼念帖　第十話」である。このとき編集発行人は稲並昌幸（城昌幸の本名）に替っているが、発行所にはまだ岩谷書店の名前が残っていた。

博文館の凋落《ちょうらく》

運命の昭和二十年、二月号を最後に休刊状態に入っていた『新青年』は終戦の日を迎えても、かつての栄光を取り戻すような活気や迫力に欠けていた。

たとえば『改造』とか『中央公論』のように、戦争末期に軍部の圧力で閉鎖させられたようなところは、終戦はすなわち解放であり、ひたすら復興への道を走ればよかったのだが、戦中期に軍部へ積極的に協力した博文館は、事情が違っていた。

焼け残った牛込の大橋邸内で、博文館はひっそりと息をしていた。『新青年』は水谷準や横溝武夫（正史の弟）が編集をしていたが、探偵味の薄いものになってゆく。

戦中期における軍部への協力が災いしたのか、紙もインクもままならぬ戦後の窮乏に際し、博文館は苦難の道を歩まねばならなかった。

昭和二十年末、七大出版社営業停止のデマが流れ、乾信一郎は牛込大橋邸内の博文館で横溝武夫、水谷準に会う。

大橋社長と衝突して博文館を飛び出した乾信一郎ではあったが、一度は給料を貰った会社である。寄稿を頼まれれば協力する積りであった。

懐かしい『新青年』も、かなりレベルが落ちた感じだったが、それでも薄っぺらな十月号を出した。乾信一郎はこれに付き合って、創作「草堰」を寄稿した。

以前に編集長をしたことのある博文館の『講談雑誌』も、やっとのことで十二月号を年内に発行したが、表紙なしのように見える、なんとも粗末なものであった。

翌二十一年は三・四月合併号に明朗小説「大犯罪者」が載っており、コラム「阿呆宮」も復活している。五月号は寸劇「闇の世の中」、六月号は〈ユーモア小説集〉となっており、乾は「鬼才先生出没記」を出している。七月号は、ローマ字コント「人間と獣」である。

八月号には乾信一郎の「阿呆宮一千一夜譚」が［新版微笑］と角書きを付けて復活した。九月号では、「阿呆宮一千一夜譚」に「阿呆宮」と両方が揃い、以後しばらく続く。十月号からは乾の連載読切短編「青空通信」が始まり、六回続く。人情味のある明朗小説は、横山泰三の挿絵とよく合っていた。

昭和二十二年（一九四七）になると、五月号には明朗小説「三人組と世間」が、九月（秋季特大）号に動物小説集として「流れ」と「たくましさの果て」の二作が出ていた。十月号には風刺小説「美談のうら」があり、十一・十二月合併号には「昼の冒険」が載っている。

昭和二十三年には、乾信一郎の「阿呆宮一千一夜譚」はない時もあり、編集方針の乱れが感じられる。この年の十一・十二月号には、三橋一夫が「腹話術師」でデビューした。

昭和二十四年には三月号から横溝正史作「八つ墓村」の連載が始まり、六月号からは三橋一夫の「まぼろし部落」が連載されたが、乾信一郎は寄稿していない。昭和二十五年の一月新年増大号に、乾は修辞学「風流書簡指南」を書いているが、これが最後であり、『新青年』は七月号をもって終刊した。

これは雑誌『新青年』の消滅というよりも、社主である大橋家の没落と言ったほうがよさそうだが、『昭和動乱期を語る　一流雑誌記者の証言』(注13)における萱原宏一（講談社）や高森栄治（博文館）の意見を参考にして、背景を纏めると次のようになる。

一般には、軍部に協力的だった大橋進一が追放になったので一挙にガタがきた、とされているが、そんなに簡単なものではなかろう。

博文館は東条英機の絵本も作っているから、これも原因かもしれないが、主として槍玉に挙がったのは『新青年』だったから、編集長の水谷準も追放になっている。

だが、もっと積極的かつ大規模に軍部へ協力したところがいるはずなのに、博文館だけが廃業に追い込まれたのでは納得できないではないか。

じつのところGHQ全体としては、それほど苛酷な命令を出したのではなかったらしい。ところがGHQの中の左寄りの連中が、戦犯裁判をやりたがっていた日本の一味をけしかけた形跡はある。ともあれ動いたのは一部の進歩的知識人と小出版社の連合軍で、ここに戦犯出版社粛清の人民裁判が始まった。

一番重い判決を受けたのは、A級と呼ばれる戦犯七社だ。第一公論社、講談社、旺文社、家の光協会、主婦之友社、日本社、山海堂である。

博文館はこの中には入っておらず、Ｂ級で、誠文堂新光社、文藝春秋社、新潮社、大日本青年団、日本週報社、養徳社、雄鶏《おんどり》社、工業新聞社、秀文閣、日本報道社らと一緒のクラスで、計十一社だった。

人民裁判をやろうとする連中は、社業の閉鎖、社長の追放、資本金の制限などを持ち出したが、大して根拠があるわけではない。そこで、被告の側に立たされた出版社は出版協会を退会し、自由出版協会を創立して抵抗した。この初代会長が大橋進一だった。多くの出版社や新聞を味方にすることができなかった博文館は凋落の一途を辿るのだ。

なにしろ三代目の進一社長は、世の中はすべて思いのままになると信じていたのだろう。乾信一郎も別のところで書いているが、博文館の従業員は大橋家の丁稚だと思っているような人だったらしい。

江戸川柳に《売家と唐様で書く三代目》というのがあるが、そんな感じのする博文館の成行きであった。ただし博文館は完全に消滅したのではなく、日記の博文館新社は残ったし、後述するように折りにふれて、よい企画の本も出して、老舗の存在感を示すのだった。

だがそれにしても、「あの大博文館が！」と思うと、世の無常が感じられるし、あの騒ぎは魔女狩りだったようにも思えるのだ。

3節　放送界と出版界

放送劇と南米

社団法人東京放送局が開局したのは大正十四年（一九二五）三月二十二日、日本放送協会が設立されたのは十五年八月六日である。

まだ上塚貞雄だった当時の信一郎が、グレ学生として渋谷界隈で暴れていた頃のことだ。翻訳家になる希望は持っていたが、放送劇の台本書きは予定の外だった。

とはいっても、戦前にも台本書きをしたことがないわけではないし、終戦直後の仕事のなかった時期に、放送関係のことが脳裡に浮かばなかったわけではない。

しかし戦後のマスメディアの受難の一つとしてプレス・コード（新聞準則）があったように、放送界にもラジオ・コード（放送準則）（注14）があった。

ただしこれは、占領政策に反するものをチェックするのが主な目的だったから、乾信一郎にとっては致命的なものではなかったが、放送劇の台本作りが仕事の大きな部分になるとは、思ってもみなかったのだ。

じつのところ、演劇文化に飢えていた戦後、多くの子どもや大人の渇きを癒したのは、ラジオドラマだった。

乾信一郎にとって放送劇の仕事が忙しくなるのは、昭和二十二年になってからだ。台本としては「遺言状」、「三つの言いわけ」、「閑がなくて閑な話」などを書いている。

単行本は、二十二年には『江見家の手帖』(鹿水館)を、二十三年にはペンギン文庫『ガランコロン事件』(国民図書刊行会)を刊行している。

昭和二十四年になると、NHKの「とんち教室」が始まり、庶民の気持ちにも多少はゆとりが生じてくる。この年に作った放送劇の台本は、「みんなが来る日」、「タケノコの宿」、「風薫る」、「奥様は留守です」、「御先祖様と人間様」などである。

台本作りが本格化するのは、図《はか》らずも昭和二十五年、NHKの連続放送劇「明るい生活」の脚本担当の一人になってからだ。これはGHQ民間教育部の命令で、民主主義PRのために作られた日本最初のホームドラマだそうである。この年の六月から翌々年、二十七年の十一月まで一二〇回、三人の作家と協同で制作したものだ。

他には「天才製造」、「マスク」、「動物の正月」なども書いている。

昭和二十七年には放送劇を量産した。「踊る動物王国」、「外套」、「ある火星学者」、「ガラスコップのお茶」、「クマという名の人間」、「ちぎれた吊革」、「真夜中の動物園」、「花火」、「洋服の裏にあった話」、「上塚周平」などだった。

この中の「上塚周平」は第一章の系図以来、たびたび名前の出てきた肥後・上塚一族の一人あり、「ブラジル移民の父」と呼ばれた人だ。

一部重複するところもあるので簡単に述べると、周平は明治四十一年（一九〇八）四月、東京帝国大学法科大学を卒業するとすぐブラジルへ渡る。皇国殖民合資会社が送り出した「第一回ブラジル向け移民集団」の輸送監督として渡航し、ブラジルへ到着後は、同社のサンパウロ州における代理人となって活躍したが、飄骨の俳号で俳句を能くし、文化面でも日本系社会のリーダーだったのである。(注15)

《アマゾンの鰐が人食う夏芝居》は彼の句で、いまでもブラジルの俳句熱は高い。

ここでブラジルの移民文学に触れておくと、第二章1節で述べた渡辺文子は北島府未子として、一九四八年（昭和23）三月に創刊された日本語の総合娯楽雑誌『よみもの』などに、探偵小説系の作品を十数編発表している。移民文学というと、虐待された苦労話を想像しがちだが、彼女は私小説を好まず、『新青年』に載りそうな作品を続けていた。

乾信一郎（上塚貞雄）のほうは、『新青年』に「上塚司」を描き、放送では「上塚周平」を描いて、一族の労に報いた、というわけだろう。

いささか脱線したが、その他、昭和二十八年の放送劇には、「家庭グラフ」、「赤チョッキの猿」などがある。

翌二十九年にはNHKラジオ「青いノート」を担当、一世を風靡した。こうした経過から新たに親密になってくる人たちの中には、放送界の人たちもいた。戦前からの友人もいた。

この時期の乾信一郎は、自分を主張する芸術的な戯曲を書こうとしたのではなく、明るく楽しい消耗品としてのラジオドラマ用台本、脚本を書いていたように思われる。

仕事の割り振り

戦後、乾信一郎が書きまくったのはラジオドラマの台本だったが、翻訳や創作を忘れたわけではなく、すでに翻訳者としての地位を確立していたと言ってもいい。

昭和二十一年（一九四六）、40歳になった作家・乾信一郎は、『家族は五人です』（中央社）、『めぐる物語』（大阪新聞社）などを発刊している。

二十二年には、「村の野球団」（『旅と読物』二月）、「なげき屋」（『旅と読物』三月）、「苦労人は？」（『食と生活』三月）、「芝居の荷物」（『四月』四月）、「畜生という事に」（『信州及信州人』十一月）などがある。二十三年は、「玉川さんとのつきあい」（『大衆文藝』五月）、「もうかる話」（『月刊山陽』山陽新聞社、九月）、「もうかる話」（『月刊佐賀』佐賀新聞社、十二月）などを発表。当時は地方新聞社が月刊誌などにも手を拡げた時代だった。

二十四年は「その他大勢2」（『映画グラフ』一月）、「食欲が先か、栄養が先か？」（『新小説』）（『春陽』二月）、「もうかる話」（『南海』愛媛新聞社、六月）、「東西映画是非」（『文芸公論』九月）、「歩かされた男」（『旅』八月）などを書いている。

出版業界でも放送業界でも、書き手は不足しており、書けば売れるという状況は、なおしばらくは続くのだった。

白燈社の『人間大安売り』

昭和二十六年には翻訳でクロフツの「マギル卿最後の旅」を雄鶏社から出している。

二十七年には放送劇「踊る動物王国」、「外套」、「ある火星学者」、「ガラスコップのお茶」、「クマという名の人間」、「ちぎれた吊革」、「真夜中の動物園」、「花火」、「洋服の裏にあった話」、「上塚周平」、「家庭グラフ」と忙しく、『人間芝居』を東成社から刊行。

誠文堂新光社が『愛犬の友』を創刊したのも昭和二十七年で、乾信一郎は盛んに動物小説を書き、あるいは翻訳していた。

昭和二十八年には駿河台書房から、現代ユーモア文学全集『乾信一郎集』が出版された。他に『阿保宮一千一夜物語』（数寄屋書房）、世界奇話夜話集『何も知っちゃいない話』（白燈社）なども発刊している。

白燈社の「ユーモア小説傑作選集7」に収録された長編『人間大安売り』（昭和二十八年

十月）は、杉浦幸雄の装丁がよく似合った佳編である。

――これは加門三太という文久大学生の卒業直前から就職後約半年間の、数名の友人や女性を交えたドタバタ青春喜劇だ。最後は加門の書いた長編小説が新聞の懸賞に入選するのだが、この中には捨て猫の話が出るし、《渡る世間は鬼ばかり》という言葉が使われたり、「ひとりもん」という章があったりして、ふとペーソスを感じさせる……。

この二十八年には翻訳物の『猫は猫同士』（春秋社）も出版された。この表題作に出てくる猫を初めとし、全十七話のうち犬、狼、狐、象、猿に駒鳥、禿鷹、あるいは鮭など多種多様な動物が登場している。

引き続き春秋社から同系動物小説集Ⅱの『からし卵』全二十話（昭和二十八年六月五日）や、同Ⅲの『勝ったのは誰だ』全二十三話（同六月二十日）が刊行された。これらの中には、戦前に訳されたものも含まれていた。

昭和三十年の『アサヒグラフ』五月四日号の「告知板」は、探偵小説の翻訳家を取り上げており、次の八人の大きな写真を載せていた。

すなわち保篠龍緒、延原謙、妹尾アキ夫、乾信一郎、西田政治、黒沼健、宇野利泰、村崎敏郎の八名である。翻訳家として、お墨付きを貰ったようなものだ。

十月には春秋社から、例の動物小説集『猫は猫同士』の普及版が出版された。

次いで昭和三十一年（一九五六）の一月二十四日には、銀座明治屋で翻訳家の親睦と研究の会である「翻訳家ミステリ・クラブ」（通常は「ミステリ・クラブ」と呼んでいた）の発会式が挙行された。

当初は会長が延原謙、宇野利泰と村崎敏郎が当番幹事で、阿部主計、乾信一郎、植草甚一、永戸俊雄、北村太郎、砧一郎、黒沼健、清水俊二、妹尾アキ夫、高橋豊吉、田中西二郎、田中融二、長谷川修二、日影丈吉、双葉十三郎、松本恵子、村上啓夫たち二十名がメンバー(注16)だった。江戸川乱歩が顧問である。

皆それぞれに一家言ある人たちだった。

その他大勢と東京創元社

雨後の筍のように発生した出版社や雑誌の他に、キワモノでなく量質ともに相当なものもあるし、乾信一郎と関係のある出版社も少なくない。

すなわち、数寄屋書房、駿河台書房、中央社、東成社、東方社、日本出版協同、白燈社、宝文社、鱒書房、鹿水館、雄鶏社などである。

昭和二十九年は、『アパート春秋』（東方社）、『青空通信』（東方社）などがある。ヒルトンの『学校殺人事件』は早川書房の項で述べた。

昭和三十一年に出版された「青いノート」（鱒書房）は、ＮＨＫで放送されたものの単行本化であり、『人間大安売り』（東方社）は、二十八年に白燈社から出たものと同じである。

ここで関西に目を転じてみたい。

明治二十五年（一八九二）大阪市で創業した書店・矢部晴雲堂という書店があった。五年後に社名を福音社に変更している。

出版部門としての創元社を設立したのは、関東大震災から少し経った大正十四年（一九二五）、社長は矢部良策（一八九七〜一九七三）である。関西を地盤にしていたので東京支社も併設した。昭和八年（一九三三）には、谷崎潤一郎の『春琴抄』でベストセラーを生んだ。

昭和十一年には小林秀雄の訳書を刊行して成功し、彼を編集顧問にした。

翌十二年から創元選書（一九三六〜一九五三）の刊行を始めている。この中にはアルチュール・ランボーやマラルメの詩、スタンダールやバルザックの小説など、フランス文学を主体に英米文学・ドイツ文学・ロシヤ文学・なども交え、良書が見られた。

戦後の昭和二十三年（一九四八）に小林秀雄が取締役となり、二十九年七月には改組して東京支社が独立し、小林茂（一九〇二〜一九八八）が社長として株式会社東京創元社を創立した。

大阪の創元社も、歴史・茶道・哲学などの分野でそれなりの実績を残し、のちに矢部敬一が代表取締役になった。

東京創元社[注18]のほうは、創元社東京支社にちなんだ社名であり、のちにミステリやＳＦの分野に羽根を拡げ、大阪の創元社とは別の道を歩みだすのだった。

すなわち「世界推理小説全集」を企画し、昭和三十年から三十四年までに八十巻出す。また同じ頃『世界大ロマン全集』六五巻も刊行[注19]しているが、この第六巻（昭和三十一年十一月）には乾信一郎訳の「地下鉄サム」十話と、ウッドハウスの短編五話が収録されている。

この全集の中では「怪奇小説傑作集」がよく売れたので、『世界恐怖小説全集』全十二巻の刊行にも踏み切ったという。

創元社も東京創元社もユニークな発展を遂げた会社で、その動向は注目に値するが、関東大震災とか戦後の混乱期のように東京の力が弱まった時期には、作家の移動や文芸への渇望が起こって地方出版が栄える、[注20]という傾向が見られるようだ。

戦後の広島の場合は、政治・経済・信仰の問題もあり、叔父の上塚司が政治力を発揮する話や、乾信一郎自身の執筆のこともあるので、終戦直前まで一度ひき戻り、第四章ではヒロシマに目を向けてみよう。

時間的にも空間的にも場面転換が起こるから、チョッとばかり気を付けて頂きたい。

【注】

1　原田勝正編『昭和世相史』小学館、一九八九年四月。

2　横溝正史から乾信一郎へ宛てた手紙は数十通に及ぶ。両者の関係は、横溝正史『探偵小説五十年』（講談社、昭和四十七年九月）にも出てくる。

3 このあたりは江戸川乱歩『探偵小説四十年』（桃源社、昭和三十年五月）などを参考にした。
4 中村隆英『占領期日本の経済と政治』東京大学出版会、一九七九年八月。
5 斉藤夜居『カストリ考』此見亭書屋、昭和三十九年七月。
6 九鬼紫郎『探偵小説百科』金園社、昭和五十年八月。
7 平成二十六年二月十七日から二十一日まで『朝日新聞』に五回連載された「人生の贈りもの 早川書房早川浩」は、二代目社長のインタビュー記事だが、創業期の話も出てくる。
8 岸田国士の『悲劇喜劇』は昭和三年に創刊され、翌四年に十号で廃刊した。早川書房のほうは昭和二十二年に季刊で出発し、二十五年から月刊、一時期休刊したが二年後復刊。平成二十四年にハヤカワ「悲劇喜劇賞」創設を発表、同二十七年から隔月刊となる。
9 江戸川乱歩賞は、乱歩の還暦を記念した寄付による百万円を基にしたもの。第一回は、独力で「探偵小説辞典」（『宝石』連載中）などを出した中島河太郎が受賞したが、第三回からは応募優秀作へ出すことになり、仁木悦子の『猫は知っていた』が受賞した。
10 最初の「一〇一」はミッキー・スピレイン、清水俊二訳『大いなる殺人』（昭和二十八年九月）、二十九年末までは江戸川乱歩が解説をかいている。なお『学校殺人事件』は、『少女・世界推理名作選集』（上笙一郎訳、昭和五十三年）でも読むことができる。
11 乾信一郎『「新青年」の頃』（前掲書）の一一六〜一一八頁。
12 江戸川乱歩『探偵小説四十年』（前掲書）の三三四頁。
13 大草 実、萱原宏一、下島 連、下村亮一、高森栄次、松下英麿『昭和動乱期を語る 一流雑誌記者の証言』経済往来社、一九八二年一〇月。

14 日本放送出版協会・編『「放送文化」誌に見る昭和放送史』日本放送出版協会、一九九〇年三月。

15 細川周平『日系ブラジル移民文学Ⅱ日本語の長い旅［評論］』みすず書房、二〇一三年二月。

16 江戸川乱歩『探偵小説四十年』（前掲書）の四六四頁。

17 福島鑄郎編著『戦後雑誌発掘　焦土時代の精神』洋泉社、一九八五年八月。

18 出版年鑑編集部編『日本の出版社』（出版ニュース社、二〇一三年一〇月）。

19 高井　信・編『世界大ロマン全集　解説総目録』私家版、一九七九年三月。

20 尾崎秀樹『大衆文学の歴史』講談社、平成一年（一九八九）三月。

第四章　ヒロシマ——祈りと出版

1節　世界平和記念聖堂に繋がる人々

被爆したラサール神父

昭和二十年（一九四五）八月六日午前八時十五分、広島市細工町一九番地（のちの大手町一―五―二四）の上空五八〇メートルで一発の新型爆弾が炸裂（注1）した。原子爆弾（以下、原爆と略す）と呼ばれるものである。それは誰も想像し得なかったような大災害を引き起こし、多くの即死者とともに、末永く続く被爆者を生んだ。

その中の一人にラサールという神父がいた。しばらく時間を前後しながら、広島がヒロシマになっていった当時のことに触れておきたい。

――フーゴー・ラサール（注2）は一八九八年（明治31）十一月十一日、ドイツのヴェストファーレン州ニーハイム市に近いエクスターンブロックで生まれた。

ギムナジウム（高等学校に相当）まではドイツで学び、哲学・文学・神学などの大学境域はオランダ、フランス、イギリスで修め、昭和二年八月にカトリック司祭となった。

来日は昭和四年、31歳のラサールは上智大学の教壇に立ち、十二年まで哲学・神学を講義しながら日本語の勉強をして、広島の北の近郊、長束《ながつか》の修道院に移る。ここで修練者を指導し、三年後に広島カトリック教会に移籍した。簡単に言えば礼拝や祭儀を行うところが教会で、修行するところが修道院である。

広島のカトリック教会は、明治十五年（一八八二）以来、場所を変えながら布教を続け、明治三十五年から幟町《のぼりまち》一四八番地に移ったのだが、その道は平坦ではなく、昭和も「戦中」になると気苦労が絶えなかった。

日本の陸軍はキリスト教が嫌いだった。広島はかつて大本営が置かれた軍都だ。ラサール神父は同盟国ドイツの人だが、戦局が悪化するにつれ、辛い目に会うことも少なくない。

当時、広島には数名の外人神父がいて、その中の四名が昭和二十年八月六日を幟町教会で迎える。ラサール神父47歳、クラインゾルゲ神父（帰化名・高倉誠）39歳、チースリク神父31歳、シッファー神父30歳……。

原爆が広島上空で炸裂したとき、ラサール神父は、広島カトリック教会司祭館の二階で読書中だった。

空中で爆発した原爆の場合は、通常の爆弾のように地上に穴があいているわけではないから、「爆心」の推定には誤差が生じうる。爆発の起こった推定の場所から五〇〇メートル以内は被害が極度に大きいから、この付近一帯は爆心地と呼んでもよかろう。(注3)

推定上の爆心から同心円を描いてゆくと、幟町教会は爆心から一キロ半ほどの、かなり近い場所にあったから被害は凄まじく、建物の倒壊は免れたものの、やがて延焼する。

このときラサール神父は、窓ガラスの破片が数十ヵ所も筋肉に食い込んだが、他の神父や神学生、伝道師、聖母幼稚園の保母たちと一緒に縮景園に避難した。ここはもと浅野藩の庭園で、多くの被爆者が流れ込んでいた。余談になるが、詩人で原爆文学の極北にある原民喜《はらたみき》も、ここで一夜を過ごしている。

そのうちに夜になると、長束の修道院にいたアルベ神父たちが救助に駆けつけたので、長束に避難することが出来た。

その途上、倒れた家や樹木が不気味な炎をあげている。靴が熱い。焦熱地獄だ。死臭が鼻をつく。こうした市内の惨禍を見て、ラサール神父は自分がこの程度の負傷ですんだことを神に感謝した。

それと同時に、彼は自分が何をなすべきか、任務の重さを想った。戦争がいかに悲惨なものか――自分は生涯広島にとどまって、平和運動をしよう――。

戦後、ラサール神父は世界平和記念聖堂を建設するための募金活動を始めた。ここから上塚司との関係が生じてくる。

他方、特別水兵として長崎の相ノ浦海兵団にいた上塚貞雄(乾信一郎)は、広島の噂を聞き、長崎のキノコ雲を見る。(注4)戦後、広島の出版社へ寄稿を始めるという展開も起こるのだが、ここではまず上塚司から取り掛かってみよう。

戦後のブラジルと上塚司

上塚一族の周平や司については、すでに第一章、第二章で触れたが、少し繰り返しておこう。

上塚周平は「アマゾン開拓の父」として崇められ、一度は帰国したものの、ふたたび南米に戻って、結局ブラジルの土になった。

周平の従弟である司はラサール神父より八年早い明治二十三年（一八九〇）五月に熊本で生れた。戦前のアマゾンにおけるジュート栽培の物語はすでに述べてあるので、ここでは戦後の入植の状況や日系移民社会を二つに分けた、「勝ち組・負組」事件などに触れておこう。

第一章1節で引用した上塚芳郎、中野順夫著『上塚司のアマゾン開拓事業』および、ブラジル在住の吉田恭子からの資料(注5)などを参考にして簡単に纏めると、次のようになる。

戦後間もない昭和二十一年、第二十二回衆議院議員総選挙で、自由民主党から熊本第2区に立候補して四度目の当選を果たした上塚司は、第一次吉田内閣の大蔵政務次官になった。これにより吉田首相や池田大蔵大臣へのルートがついたのだろう。

さらにもう一つ、皇族の高松宮とは移民支援の仕事をしていたので、国内国外に多くの問題を抱えて、多忙を極めていた。

その一つは、戦前から関係の深いブラジルにおいて、祖国日本の敗戦を信じない一部の日系ブラジル人が、敗戦を認める穏健な日系ブラジル人に対し、暴力的なトラブルを起こしている、という情報だった。このブラジルの「勝ち組・負組」の分裂騒動は、なんとしてでも終わらさなければなるまい。下手をすれば、日本の信用も失墜しかねないだろう。

それに以前からの、アマゾン開発の問題もある。上塚司は南米とのあいだを忙しく立ち廻って

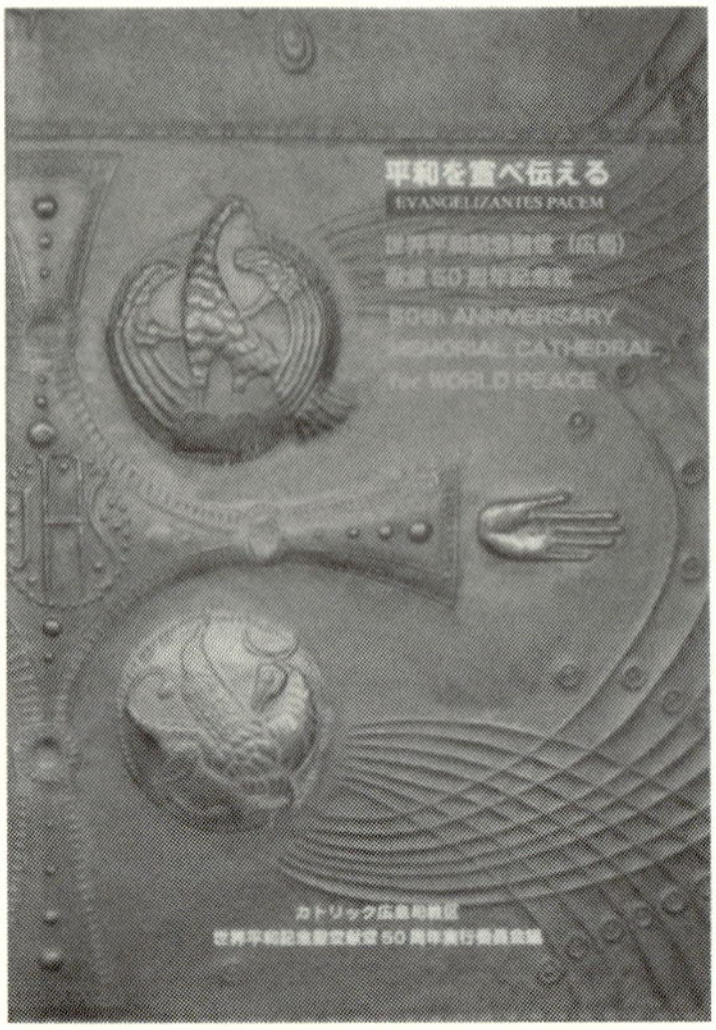

世界平和記念聖堂50周年記念誌

いた。その途中でラサール神父との邂逅が起こるのである。

ずっとのちに刊行された『平和を宣べ伝える　世界平和記念聖堂献堂50周年記念誌』（注6）から引用させて頂こう。

　一九四七年秋にアメリカ経由で世界旅行から帰国した。途中、アメリカの神父から依頼され、ブラジル、アルゼンチンにも立ち寄った。それらの国では、日本の敗戦を受け入れられない人がいて、移民同士で対立があった。それで日本の実情を話しに行くことになった。この時、上塚さんという有力者（傍点筆者）の知遇を得た。後に、この人から高松宮や大蔵大臣の池田勇人氏らが紹介された。

この「上塚さん」が上塚司である。ブラジ

ルの「勝ち組・負組」事件は、数年で終息に向かうし、世界平和記念聖堂のほうは、もっと速いピッチで進む。

広島の経済界に向かっては、池田勇人（一八九九〜一九六五）が声をかけた。池田は大蔵大臣であり、設立発起人代表でもあった。

その結果、多くの寄付金が集まった。地元広島に本社のある、大手地場産業からの支援が大きかったようだ。

昭和二十六年に作られた「戦争犠牲者が築いた平和の基礎を守るために」という小冊子がある。「廣島平和記念聖堂建設後援會要項」(注7)で、颯爽たるメンバーが名を連ねている。

名誉　総裁	高松宮宣仁親王	
総　裁	吉田　茂	内閣総理大臣
名誉　会長	一萬田尚人	日本銀行総裁
会　長	池田　勇人	大蔵大臣
名誉理事長	田中耕太郎	最高裁判所長官
理　事　長	浜井　信三	広島市長
名誉　理事	シーボルト	連合軍総司令部外交局長
同	テイラー博士	ＡＢＣＣ（原子爆弾傷害調査委員会）(注8)
同	ブランチョ	ブラジル使節団長

同　　　和田　性海《ママ》　　真言宗管長
同　　　高階　瓏仙　　曹洞宗管長
理　事　　　（略）
同　　　上塚　司　　アマゾニア産業株式会社社長
同　　　　（以下略）

念願の世界平和記念聖堂が献堂されたのは、昭和二十九年（一九五四）だった。

ここで注目して頂きたいのは、聖堂建立の運動が宗教の枠を超えて展開されたことだ。宗教とは、もともと排他的なものではなかったのか。

聖堂とはキリスト教の教会堂のことである。だのに真言宗や曹洞宗の管長が名誉理事として加わっておられる。広島は「安芸門徒」といって浄土真宗本願寺派の多いところだが、仏教徒もまた寄付をしたのだった。

ラサール神父が日本に帰化されたのは昭和二十三年、吉備真備にあやかって愛宮真備《あいみやまきび》と名乗った。ドイツでは、フーゴー・マキビ・エノミヤ・ラサールと呼ぶことが多いという。

彼は、日本人の心性を理解するため禅を学ぼうとし、昭和三十一年から福井県小浜市発心寺の原田祖岳（一八七一～一九六一）に参禅し、禅を会得した。こうして生まれたのが「禅キリスト教」(注9)である。

仏教において、心を集中させ統一することは「接心」であり、禅宗では一定期間、昼夜を問わず坐禅に専念することをいう。

キリスト教では、神からのメッセージを受け止めるために、「黙想」という方法を編みだした。仏教の「接心」とキリスト教の「黙想」と相通じるものがあるが、ラサール神父は、これを繋ぎ合わせたのだった。

はじめはラサールの「禅キリスト教」に対し、仏教側からもキリスト教側からも反発があった。あわや破門という場面もあった。しかし結局、ローマ法王もラサール神父の「禅キリスト教」を認めたのである。

宗教的には、上塚家は曹洞宗《そうとうしゅう》だが、貞雄（乾信一郎）自身は仏教にもキリスト教にも拘らなかった。

昭和四十三年（一九六八）年四月四日付『中国新聞』がラサールの名誉市民章受章を報じている。同年四月、ラサールは上智大学東洋研究所教授として東京に赴任していたが、その後もしばしば広島を訪れ、世界平和記念聖堂を我が子のように見守っていたという。

第一章と二章が物語の「起」と「承」に相当するとすれば、この第四章はすでに「転」の部分に入っている。ここで作家・乾信一郎が関与した広島、あるいはヒロシマを眺めておきたい。

2節　広島図書とその出版物

広島印刷から広島図書へ

戦後間もない昭和二十年代の広島に、子どもたちへの愛をこめて、トップレベルの児童教育雑誌や関連図書を出版した会社があった。

社長の松井富一《とみかず》は明治四十一年（一九〇八）十二月十八日、大阪府南河内郡古市町で生まれた。父親死亡のため、大正の終りに高等小学校を卒業すると、大阪市に出て印刷所で働く。昭和になると広島へ移り、十年代に印刷所を創設し、昭和十八年九月、彼は同業二十四社とともに廣島印刷株式会社（以下、広島印刷と略す）を設立して社長になった。

しかし不運にも、あの二十年八月六日の朝、彼は出勤途上の舟入本町で被爆し、かなりの重傷を負った。ここは爆心の西南約三キロの地点で工場の被害も大きく、彼はあとあとまで右手を義手にして過ごさねばならなくなるが、彼は挫けなかった。

終戦後の九月末、広島県印刷紙業会が設立されると会長になり、十月上旬には印刷業務を再開した。この頃彼は、灰燼に帰した校舎の跡で本を読んでいる子どもの姿に接して感動し、「日本再建の鍵はここにある」と、叫んだという。

松井富一は、印刷業から出版業に進出する覚悟を決めたのである。

翌二十一年は急に多忙になった。六月に印刷事業が英連邦軍の指定工場となり、八月には出版業への手始めに『歌の新聞』を創刊した。

その頃、広島市内の小学校教師が、広島児童文化振興会を作り、八月にタブロイド判二ページの『銀の鈴』を発刊した。しかし経済的基盤が不充分で、雑誌形式での出版には踏み切れない状態だった。それはちょうど広島図書株式会社が次の手を考えていたときだったので、両者の間で話がまとまり、十月から雑誌形式の『ぎんのすず』が発行された。(注10)低学年用が『ぎんのすず』、高学年用が『銀の鈴』で、それぞれ学年数が記されている。

昭和二十二年には二月に広島県印刷工業協同組合が創立され、松井は理事長に就任。四月には中学生用の『科学新聞』を創刊し、五月には広島印刷の出版部を分離して広島図書株式会社（以下、広島図書と略す）を設立。十一月には『科学新聞』を改題して『新科学』誌を創刊した。この時期、松井は広島商工会議所の副会頭になっている。

次いで二十三年四月からは、副読本『理科の友』を発刊して教科書出版への意欲を見せ、幼児用の『プレイメート』の創刊や「銀の鈴文庫」の配本を開始し、中学生向けの『銀鈴』は昭和二十三年四月、女子中学生用の『青空』へと改題し引き継がれてゆく。

二十四年一月には、ＣＩＥ（民間情報教育局）小学校教育課長ポーリン・ヤイディー女史の『民主主義教育の理論と実際』を刊行した。四月には男子中学生向けの『理科と社会科』が創刊された。同年六月における『ぎんのすず』及び『銀の鈴』の発行部数は百二十万部、中学生用書誌を合わせると二百万部に達した。(注11)英文グラフ誌『HIROSHIMA』が発行されたのも、この年であった。

こうして広島図書は拡大の一途を辿り、全国を福岡・広島・大阪・東京の四総局に分け、北海道は本社直轄として、直接販売の全国網を完成させた。「基礎科学教育叢書日本版」が刊行されたのも、昭和二十四年から二十五年にかけてのことである。[(注12)]

出身が印刷業だから表紙などの発色もよく、販売実績もトップクラスになった。これらの情況に関し週刊ニュース誌の『TIME』は、一九五〇年（昭和二十五）一月九日版において、「広島の奇跡」として大きく紹介している。

ところが手形取引上の手違いから銀行管理寸前までゆくが、松井社長の誠意で融資が受けられ、ピンチは回避された。そこで松井は教育出版の事情視察のため渡米し、帰国後に教科書出版に乗り出した。

しかし、この計画には誤算があり、業績悪化を招いたので、昭和二十八年（一九五三）六月、いいい、広島における最後の『ぎんのすず』を出したあと、松井富一は広島を去って行く。

以下2節の記載は筆者の研究報告「悲しいからユーモアを」[(注13)]を下敷きにしているが、乾信一郎の作品数が多くなりすぎるので、『銀の鈴』4年生以下と、『銀の鈴　小学生の友』は割愛し、『銀の鈴』5年生・6年生と中学生用諸誌に絞った。

なお学年雑誌なので分かりやすいように、学年数はアラビア数字を使い、発行年月は昭和を略して漢数字で記した。

小学生高学年用

『銀の鈴』5年生

二十三年九月号「やくそく」小説——いとこ同士の久夫と進一、無銭旅行でおじさんのところへ行く。久夫は性善説、進一は性悪説だが、親切な人に助けられた久夫が先に着く。

二十三年十月号「君はひとりぼっちじゃない」小説——小泉正夫は戦争孤児。おじさんの家で暮らす、ひねくれ者。だが、草むらで見つけた小犬により、愛情に目覚める。

二十四年一月号「虫の詩人　ファーブルのおいたち」伝記——貧しい彼は虫を見続けて学校の先生になり、九十六歳まで生きて有名な『昆虫記』を残した。

二十四年二月号「むりに音楽を勉強させられた少年　ベートーベン」伝記——ベートーベンの父親は酒飲みで、子どもを稼ぐ音楽家にしようとしたが、彼は立派な作曲家になった。

二十四年四月号「シカどろぼうにされた少年　シェークスピア」伝記——地主の館のシカと遊んでいると泥棒と間違われ、村を追出されたのでロンドンに行き、劇作家になった。

二十四年五月号「とびかわず」名作——マーク・トウェーン作「ジム・スマイリーとその跳び蛙」(一八六五)の翻案。のち単行本『その名も高きキャラベラス郡の跳び蛙』に入る。

二十四年九月〜十二月号「犬のボク物語」連載小説・全3回——六匹兄弟の茶色い犬のボクは、犬屋から新しい家に売られ、コロという名をつけられた。その家の子どもはボクを虐めるので縁の下に逃げると、泥棒に会ったので吠えた。これはお手柄だが、やはり虐めるので、やさしい納豆売りの小父さんについて行き、可愛がってもらう。

『銀の鈴』小学5年生、昭和二十四年
「犬のボク物語」連載中

二十五年三月号「耳の遠かった発明家エジソン」発明発見絵物語――エジソンの発明は多いが、行きわたったのは電灯と蓄音機。電球の線には日本の竹が一番よいことも発見した。

二十五年四月号「半分のにわとり」読物――兄の光一と妹のかつ子は、それぞれ自分の鶏をもっていたが、かつ子の鶏が死んだので半分ずつ分けるが、結局、共同で飼うことになる。

二十五年七月号「ふしぎなてがら」小説――絵の上手な兄の道夫と、お喋りの妹さえ子が留守番中、泥棒が入る。さえ子が話しかけ、道夫が似顔を描いたので、泥棒が捕まった。

『銀の鈴』6年生

二十三年十月号「みんなのために　フランクリンの少年時代」伝記――釣をする沼に

潮が押し寄せて足場がなくなったので、家を建てるための石材を運んで叱られた話。

二十三年十二月号「わんぱく少年マーク・トウエーンの少年時代」伝記——聖書の文句を覚えると黄色い切符が与えられ、十枚貯まると聖書になる。勉強嫌いな彼は、ヘビの皮などの珍品と黄色い切符を交換して、聖書を貰う。

二十四年二月号「勇気ある人　マルチン・ルーテル」伝記——音楽の好きなドイツのルーテルは、古くからあるキリスト教会や法王の堕落に反対して、本当の信仰を説いた。新教《プロテスタント》の始まりである。

二十四年三月号「ノロイ君の絵」小説——平井君は、なにをしても鈍いが絵だけは速い。野球のボールを壁に投げて練習していたら捕まったが、そこに絵を描いたら褒められた。

二十四年五月号「見えなくなった博士　アインシュタインという人」伝記——ベルギーへ行ったとき、駅で出迎えた人は、博士の姿が見えなくなったので心配したら、駅から歩いていたのだった。エピソード風。

二十四年六月号「みんなの川」短編——カンベエじいさんは裏の小川で子どもが泳ぐのを嫌う。それでも泳いでいた幸一たちは、衣類を取り上げられるが、じいさんの気持ちも変わって、許可を出す。

二十四年七月号「白い鯨」名作——頭の白い大鯨モービー・ディックを巡る、メルヴィルの『白鯨』の翻案。

二十五年七月号「原子力の人　アインシュタイン博士」伝記——彼はユダヤ人なのでナチスによ

りドイツから追われ、アメリカで研究を続けた。二十四年5月号より硬い話。

中学生向け雑誌

小学生用『銀の鈴』から中学生向けの『銀鈴《ぎんれい》』が発刊された。

だが『銀鈴』は昭和二十三年四月、これを引き継ぎながらも女子中学生向けに編集した『青空』を飛翔号として、改題・刊行した。

実質的には『青空』の創刊号である。乾信一郎が『青空』の執筆陣に加わるのは、左記のように二十三年十月号からである。

『青空』

二十三年十月号「絵のない額縁」小説——舟木文江は古道具屋にあった額縁が欲しかったので、小遣いを出して買ったが絵がない。そこで父親の友人である森島画伯が描いてくれることになったが、キャンパスがないので額縁の後ろの壁に描いた。そのとき父親が転勤になったので、額縁と絵はそのままで行くことになる。

二十四年一月号「二つのスエター」小説——仲よし女子中学生六人グループの中で、長島初子と鈴木やす子の二人は、うまくゆかない。リーダー格の山野は頭を痛めているが、ある時、この二人以外はスエターを着ているのに気付き、二人に相手のスエターを編ますよう話を持ちかける。二人はお互いに、相手に似合うのを作ろうと競争して、その結果、友情の塊のようなスエターができた。

二十四年四月号「花の友だち」小説——宮沢タイ子は、一人っ子だが世話好きな中学生で、いつも小さい子たちが一緒にいる。大人の世界は泥棒とか人さらいとか、怖いのである。じっさい、五つのミヨちゃんがさらわれ、ヨーコちゃんも、いなくなる。だがタイ子たち子どもの活躍で、人さらい団の一味八人は捕まったのだった。

二十四年十一・十二月合併号「おせんちコント」三つの軽妙なコントが約一頁の中に入っている。「うそつき星」トモ子とアイ子が星を詠んだ詩を朗読しあう。星はパチパチまばたいて可愛い、でも本当はとてもデカイ。うそつきだ！

「たえなる楽の音」ソラ子は、月光のもとでヴァイオリンを弾いていると、涙が出そうになる。じゃあ耳に綿を詰めとくといい、とアオ子。

「植物の教科書」ハナ子は花が好き。ある日、体じゅう花だらけで学校に来た。級友が驚くと、彼女は言った。今日は植物の試験でしょ。

『理科と社会科』の発刊

中学生向けの「銀鈴」が女子学生を対象にした『青空』として発刊された昭和二十三年四月、副読本『理科の友』も刊行されている。

この系列は男子中学生を念頭に置いていたが、十二月には中学生向け『新社会』が創刊され、昭和二十四年四月、中学生向け『理科と社会』が創刊された。

『理科と社会科』中学1年生

二十四年四月号「大きいものと小さいもの」小説――密林の大きな象は、小さなハエやアブに悩まされる。カシラも胸の傷に虫が来て困っていた。その頃、性質のよくない象がカシラに喧嘩をしかける。カシラは敗れ、掟に従い群れから出てゆくが、新しいボスは人気がない。仲間内の一頭が元のカシラに会ったのを期に、仲間が集まって暮らすようになる。

二十四年五月号「ガリレオの望遠鏡」物語――むかしは、太陽が地球のまわりを廻っていると考えられていたが、ガリレオ・ガリレイは望遠鏡を発明して、古い考えを打ち壊した。また大小二つの鉄の球が同じ速度で落ちることも、実験で示した。

二十四年六月号「末広兄弟」連載小説・全6回――末広家の七人兄弟のうち、二番目の正二は腕白だが、悪い少年ではない。しかし父母は手をやいて「ろくでなし」と叱る。夏休みに、末広家に下宿している三浦先生が田舎から「遊びに来ないか」と誘ったので、兄の健一と行くことになる。正二は駅でブラブラしていて汽車に乗り遅れる。正二がいないので、みんな大騒ぎ。浮浪児の仲間になったりするが、結局、東京へ帰る。

『理科と社会科』中学2年生

二十四年年五月号「埋もれそうになった二大発見」読物――害虫駆除に使うDDTの開発は、一八七四年にオットー・ツァイドラーの書いた六行の報告書から始まった。抗生物質のペニシリンは、一九二八年にA・フレミングが細菌培養中のトラブルから見付けたものである。どちらも一度は捨てられかけたものだが、あとで大きな仕事になったのであった。二十四年十二月号「自動車王の少年時代」伝記――アメリカの大自動車メーカーであるフォード社を創設したヘンリー・フォードの家は百姓だった。子どものころから機械いじりが好きで、川の水の流れで機械を動かすことを考え、時計の部品を探すのに、三里も歩いてデトロイトに行った。その後蒸気自動車を改良して、現在のような自動車を作ったのだ。

この中には科学者や科学的発見・発明などのノンフィクションがしばしば見られ、小説ではミステリや動物ものが多く、ユーモラスに語られている。これらの雑誌の大部分は、広島市立中央図書館に保管されている。

3節　小さな者たちへの目線

乾信一郎とジュヴナイル

あまり馴染《なじ》みがないかもしれないが、小説など「少年少女もの」のことを、英米圏の言葉では「ジュヴナイル（juvenile）」という。

第三章の初めに触れたように戦後最初の原稿依頼は実業之日本社の少女雑誌だったから、その作品はジュヴナイルであり、2節の『銀の鈴』等の諸作品もジュヴナイルである。

さて、少女雑誌における乾作品は相当な数になると思われるが、彼が『青空』に執筆していたのは、戦前からあった『少女の友』（実業之日本社）や『少女クラブ』（大日本雄弁会講談社）などが復刊し、創刊も相次いでいた時代のことだった。

すなわち、『それいゆ』（昭和二十一年、それいゆ社）、『ひまわり』（昭和二十二年、ひまわり社）、『少女世界』（昭和二十四年、富国出版社）、『女学生の友』（昭和二十五年、小学館）などの創刊がみられた。創刊・復刊を纏めて、乾作品の載った若干の雑誌を瞥見しておこう。

以下、「昭和」は略してある。

『少女の友』（実業之日本社）

二十年十二月号「めぐる物語」（これだけは伸一郎名義）。二十一年三月号〜九月号は「人間復興」で、第一〜六話、二十三年十一月号「誰も気がつかない」、二十五年六月号「タンテイさん」。

『令女界』（宝文館）

二十一年年八月号「同じ心」、同年年十一月号「手織木綿のことば」、二十二年九月号「いんぎん無礼」。

『紺青』（雄鶏社）

二十三年三月号「野本宝石店の客」。

『少女クラブ』（講談社）

二十四年一月号「大笑い小笑い」、同年八月号「知らない知人」、二十五年九月号「うれしい仲間」。

『少女』(光文社)
二十五年十月号「デタラメ第一号」。
『女学生の友』(小学館)
二十六年五月号「口笛と銀時計」。

少女雑誌に関しては、熊本県菊池郡菊陽町の菊陽町図書館(注14)がよく集めておられる。

もちろん乾信一郎は少女雑誌だけでなく、学年雑誌にも書いてきた。たとえば小学館の学習雑誌「小学四年生」の昭和二十四年新年号には「とのさまと又平」、二十五年九月号には「いたずらキヨちゃん」、二十六年二月号には「ちっともさむくないはなし」が載っている。

動物好きの乾信一郎は、昭和二十九年に『どうぶつだけのおはなし一年生』、『同二年生』、『同三年生』、『同四年生』(宝文館)を出している。

昭和二十三年の『少年クラブ』(講談社)六月号には「悪童日記」が載っている。探せば、まだいくらでも出てくるはずだが、彼が書いたのは、どんなものだったのだろうか?

児童文学の諸相

まえの2節で述べた広島図書の出版物は、『銀の鈴』を主体として児童・生徒を対象としたものだったが、執筆者は児童文学者や童話作家に限定されたものではなかった。

三浦精子の前掲文献によれば、乾信一郎は一般作家の中に入っている。児童文学作家ではないから、一応は妥当な分類だろう。

この中で多いのはサトウハチロウで、西条八十がこれに次ぎ、画家では『新青年』の表紙を描き続けた松野一夫や、のちにSF画を描く小松崎茂たちが目につく。

ここで意外だったのは、雑誌『新青年』に執筆していた人々の名が、広島図書諸誌の中にしばしば見られたことである。

五十音順に並べると、『新聞小僧』の実績を持つ阿部知二、放送作家の伊馬春部（『新青年』時代は伊馬鵜平）、元祖SF作家の海野十三、原爆作家の大田洋子。ゴジラの香山滋は『宝石』からのデビューだが末期の『新青年』にも書いているし、『銀の鈴』にも七編載せている。またSFに近い北村小松、ユーモア小説の佐々木邦、芥川賞作家の寒川光太郎、『宝石』編集者の城昌幸（詩人・城左門）、人間愛を追求した作家の芹沢光治良、ローマ字運動の土岐善麿、怪談の畑耕一、右から左へ転向した松尾須磨子、冒険物の南洋一郎、『赤毛のアン』の村岡花子、作家で随筆家の吉田絃二郎たちである。

変わったところでは陸上競技の織田幹男、天文学の野尻抱影、声楽家の藤原義江……。

のちにジュヴナイルSFを書く北川幸比古は、『銀の鈴』の編集部員として、広島図書に勤めたことがあった。

これらの作家の中で、作品数は多くないけれど存在感の大きかったのは、海野十三（本名・佐野昌一、一八九七～一九四九）であろう。

彼が広島図書に執筆していたのは、宿痾《しゅくあ》の肺結核が増悪し人生の終りが近付いた時期だったが、「あれ（『銀の鈴』）はいい雑誌だから、書かなければいけない」と、病苦に鞭打って執筆していた――と、海野夫人の佐野英《えい》さんは言う。また葬儀のときには「広島図書から『銀鈴』（中学生用）と書いた大きな花輪が贈られていた」とも言うのであった。(注15)

乾信一郎が『銀の鈴』へ執筆するのは昭和二十三年の九月号からである。この契機には、海野十三の影響も考えられるのである。

そういえば乾の広島図書関係の読物の中には、科学者の伝記がよくみられるし、動物ものにもSF的な味を感じさせるものがあるが、当時はまだ、SFという言葉は世間に流通していなかったのだ。

昭和三十五年（一九六〇）に早川書房の『SFマガジン』が創刊されるまでは、変格探偵小説の中に入れられたり、科学小説と呼ばれたりしていたが、探偵小説のほうは、すでにジュヴナイルが多数出版されていた。

探偵小説作家で児童物を書いたのは、森下雨村（一八九〇〜一九六五）が最初だろう。大正時代に佐川春風名義で、池上富士夫を主人公とする少年探偵小説を書いている。乾信一郎が憶えているのは昭和になってからで、森下雨村名義の『謎の暗号』があった。

次いで熱心だったのは少年科学探偵・塚原俊夫を登場させた小酒井不木（一八九〇〜一九二九）だが、彼は早世したので乾とはほとんど接触がない。

甲賀三郎や大下宇陀児《うだる》にも少年探偵小説があるし、戦前の横溝正史は森下雨村名義で書いたものがある。代作はときどき見られるのである。

年を経ても古くならないのは、小林少年の出る江戸川乱歩（一八九四〜一九六五）の『少年探偵団』(注16)だろう。

最近は別の視点からジュニア探偵小説の再点検も始まっており、(注17)他方では、典型的な探偵小説でなくても、これに近いものも少なくないし、一般文学とミステリ・推理小説との境界がボヤケテきたことも見逃せない。

直木賞作家の水上勉は受賞作の『雁の寺』等の他に、ジュヴナイルとしては『ヨルダンの蒼いつぼ』や『ブンナよ、木からおりてこい』などがある。

冒険小説の池田宣政（南洋一郎）や、ロフティングの『ドリトル先生物語』を翻訳した井伏鱒二たちも、ジュヴナイルを書いてきたわけだ。コナン・ドイル、あるいはヴェルヌやウエルズの物語は、ミステリとかSFという言葉の有無にかかわらず、児童文学あるいは一般文学全般の一端を担ってきたとも言える。

乾信一郎は多くの探偵小説を訳してきたが、血みどろや残虐は好まなかった。むしろ『愛犬の友』とか『子供の科学』（いずれも誠文堂新光社）式のポピュラー・サイエンスのようなものが面白い、と思うことさえあったようだ。彼が書いたのはユーモア小説でありユーモア探偵小説であり、ちょっぴりSF味を感じさせるような動物小説だった。

だが、放送劇の台本作りで忙しかったはずの乾信一郎は、なぜ児童文学にまで手を出したのだろうか？

乾＝貞雄の心の奥に

児童文学の源流は、伝説・民話などのような魂の古里にある、と言ってもよいだろう。少し抽象的だが、イソップ、ペロー、グリムなどを念頭に置けば、だいたいの見当はつく。改めて言うまでもないことだけど、児童文学というとき、子供の手になる詩や小説をさす場合もないではないが、一般的には大人が子どものために書いたものだ。

その場合に対象となる年齢は四、五歳から十四、五歳とされている。(注18) この定義からすれば、彼の作品は高年齢のほうに片寄っている。もともと大人を対象にして翻訳や創作をしてきた乾信一郎だから、これまた当然と言えるかもしれない。

その場合、幼児はともかく年長児になると、大人の物語をとってしまう、という現象に注目しておこう。デフォーの『ロビンソン・クルーソー』やスウィフトの『ガリヴァー旅行記』は大人への物語だったが、いつの間にか子ども専用みたいになってきたのだ。

たとえばセルバンテスの『ドン・キホーテ』も、騎士道物語打倒のために書かれた大人用のフィクションだが、子ども向けの再話が作られ、子どもの話のようになってしまった。

図《はか》らずもその物語が、乾信一郎のお気に入りらしいのである。

彼のユーモア作家仲間には獅子文六（岩田豊雄）がいて、俳句などの際、岩田は雅号を牡丹亭

（唐獅子より）といい、乾はロシナンテ（ドン・キホーテが乗っていた瘦せ馬）をもじって呂氏南亭とか露地南亭などと称していた。乾は、ドンキホーテの従者サンチョ・パンザをもじった山町帆三というペンネームも使っている。

彼はセルバンテスのあの小説がよくよく好きだったのか、自分がドン・キホーテのようなオメデタイ人間だと思っていたのか、ともあれどの程度かは小児帰りの精神機構があったと推測される。

そこには小児期に受けたイジメ、両親に対する人間不信などが絡んでいるにちがいない。嫌いだった小児期への想いが両価性に働き、ドン・キホーテのように脱線するのだ。

しかし小児期あるいは子どもたちへの想いは、別の面からも考えられる。

渡辺玲子は『お母さん童話の世界へ(注19)』の中で、「おとうさん童話もあっていい」とし、次のような例を挙げている。

すなわち、「くまのプーさん」は『パンチ』誌の副編集長だったA・A・ミルンが自分の子ども時代を思い出しながら自分の子をモデルにして書き、同じくイギリスのチャールズ・キングズリーは末っ子のために『水の子』を残した。ドイツの外科医だったリヒァルト・レアンダーは、普仏戦争従軍中に故国の子どもたちに童話を書いて送り、あとで纏めたのが『ふしぎなオルガン』である。

乾信一郎には子どもはいなかったが、終戦後の大都会における戦災孤児や広島における原爆孤児たちを、イジメられた自分の過去に並べ併せて、一種の父性愛からジュヴナイルものを書いたのだろう、とも考えられるわけだ。

想えば昭和二十年代は、絶望と希望が交錯しながら、よりよい明日へと懸命に歩き続けた時代だった。乾信一郎が広島図書の諸誌に執筆したのは、そうした時期だった。

彼が執筆したのは、『銀の鈴』が休刊となる昭和二十八年までだが、彼の執筆自体に、最高度のイジメにあった広島の子どもたちへ送る、エールが入っていたのではあるまいか。松井富一が出版に立ち上がったのと同じような感情があったのではなかろうか。

多分、そうだろう。


広島図書の理想は、松井富一が広島を去ったあともしばらく続く。彼の志向は松濤書房、幼教出版など出版社を替え、あるいは体裁を変えながらも、約半世紀を生き続ける。乾に関係のある出来事を拾うと、昭和三十年には実業之日本社の『少女の友』が終刊となった。時の流れであろう。

じっさい昭和三十年代に入ると、何か状況が変わってきた。この頃社会では、日本は復興したと感じだしていたのだ。

たしかに、昭和三十一年（一九五六）には経済水準が戦前を超えはじめ、国連加盟など外交面でも転機を迎えていた。

純文学の文壇では、いわゆる「戦後の文学」がいろいろの面から検討されており、こうした時期に、英文学者の中野好夫は「もはや『戦後』ではない」（『文藝春秋』二月号）を書き、政府はそれを真似て、七月に同じ題で『経済白書』を発表した。戦後の定義にはいろいろあるが、本書でも一応、ここまでを戦後期としておきたい。

乾信一郎における昭和三十一年といえば年齢は50歳。孔子の説く『論語《ろんご》』によれば「五十而知天命」（五十にして天命を知る）というところだろう。

さてさて、どのような境地になれることやら……悟りすましてもらっても困るのだが、ヒロシマから離れて、その後を展望してみよう。


【注】
1　米軍資料―奥住喜重、工藤洋三・訳『原爆投下の経緯』東方出版、一九九六年九月。
2　乾信一郎の著作権継承者である上塚芳郎教授は、祖父の司が「広島にはラサールという立派な神父がおられた」と、しばしば語っていたという。なおラサールはラッサールと書いた文書もあり、スペルを見るとラッサールが近いようだが、本書ではラサールで統一した。
3　清水清・編『原爆爆心地』日本放送出版協会、昭和四十四年七月。
4　未公開資料を見せて頂いたものだが、乾信一郎から上塚尚孝氏に宛てた書翰のうち、一九九〇年八月九日付では長崎の原爆につき、九二年八月九日付では長崎と広島の原爆についての記載がある。

5 吉田恭子は、以前、ＩＰＰＮＷ（核戦争防止国際医師会議）日本支部で通訳をしていた。現在はブラジル在住で、アマゾナス日系商工会議所発行の文書などにつきご教示頂いたので、参考にさせて頂いた。

6 世界平和記念聖堂献堂50周年実行委員会・編『平和を宣べ伝える』カトリック広島司教区、二〇〇五年八月。

7 廣島平和記念聖堂建設後援會編『戦争犠牲者が築いた平和の基礎を守るために　廣島平和記念聖堂建設後援會要項』昭和二十六年七月。

8 原文では《Ａ・Ｂ・Ｃ・Ｃ（原爆研究所）》となっていたが、原爆を作る研究所と間違う可能性もあるので、その後使われるようになった表記に従った。

9 愛宮真備著、池本喬・志山博訪訳『禅——悟りへの道』理想社、昭和四二年四月。

10 三浦精子は「ぎんのすず研究会」代表。「広島図書と教育雑誌「ぎんのすず」をめぐる人々」（「芸術研究」第十五号、平成十四年七月）など多くの著述・論考がある。

11 松井富一『国際的出版都市の夢』広島図書、一九四九年六月。

12 三浦精子の前掲書及び森本和子の『占領下の翻訳絵本と教育—広島図書』（私家版、一九九八年一〇月）によった。

13 天瀬裕康「《ぎんのすず》と乾信一郎——悲しいからユーモアを」（『すずのひびき』第四号、ぎんのすず研究会、二〇〇七年三月）。

14 菊陽町図書館少女雑誌担当の村崎修三氏は、私財を擲って少女本を収集された。二〇〇六年

15　九月二十八日の夜十一時から、ＢＳハイビジョン「熱中時代」において放映された。海野十三没後半世紀も経った頃、晩年の英夫人から天瀬裕康に電話がかかった際、海野十三のこの話を承った。渡辺玲子も、電話でこの話を聞いている。

16　『少年小説体系』第七巻『少年探偵小説集』（三一書房、一九八六年六月）における中島河太郎の解説は、簡明に述べてある。

17　森　英俊・野村宏平編著『偕成社ジュニア探偵小説資料集』書肆盛林堂、二〇一四年一二月。

18　日本児童文学学会・編『児童文学事典』（東京書籍、一九八八年四月）の三四五頁、三四九頁等。

19　渡辺玲子『お母さん童話の世界へ』文芸社、二〇〇三年一月。

第五章　経済の高度成長期には

1節　忙しすぎたのか

コロの物語

戦後からの決別を告げた昭和三十一年（一九五六）に続き、三十二年には東京の人口が世界の全都市を抜きトップになったが、日蔭もあった――。

この年、四月から乾信一郎の台本による、ＮＨＫラジオ連続放送劇「コロの物語」が始まった。昭和二十四年の『銀の鈴』４年生に連載された「犬のボク物語」の主人公が「コロ」という小犬だったことを思い出して頂きたい。

ともあれこの作品は、昭和三十二年四月一日（月）から翌三十三年十二月三十日（火）まで、月曜から金曜まで計四百七十九回、ＮＨＫラジオ第一放送で、初めは午前十時十五分から三十分まで、のちには午後五時半から六時まで放送されている。

当時を髣髴《ほうふつ》とさせるように再現すれば、テーマ・ミュージックの流れる中を、「ワンワンワンぼくコロです」の挨拶で始まるのだった。

小犬のコロは小柳徹、その妹が清川みづゑ、バタヤのオッサンが山田清で、語り手が幸田弘子。演奏はアンサンブルボヌール、歌は荒井恵子だ。粗筋は、こうである。

――戦後しばらくしてからの東京。廃品回収業（作中ではバタ屋さんといっていた）のおじさん

連続放送劇「コロの物語」台本
（熊本近代文学館所蔵）

が、道で迷子の子犬と出会い、育てることになる。付けた名前がコロ。おじさんは毎日大八車を引き、都内のあちこちを廃品探しに廻る。コロはいつも大八車にチョコンと座っている。おじさんはコロのために役所から鑑札をとろうと努力する。でも、ある日、おじさんは病気で倒れてしまう。いささか頼りないコロ。バラック小屋に、近所の野良犬やボス犬との交流……。

筋書きはかなり違うから、ただちに「犬のボク物語」が先行作品とは断じられないが、興味あるシナリオだ。逆境にある子犬が健気に生きてゆくという筋書きには、自分の少年時代が投影されているのではあるまいか。

ＮＨＫラジオの「青いノート」は、

『新編現代日本文学全集』第三八巻（第一六回配本、東方社）に収録されたからよかったものの、多くの放送台本は記録に残り難い。「コロの物語」のように、単行本されたり注意深く保管されている場合は貴重品(注1)である。

さて、江戸川乱歩が『宝石』の編集をするようになるのは、この三十二年八月号からだ。奥付の編集兼発行人は稲並昌幸だが、もう乱歩の時代だった、と言ってよかろう。

やはりこの年、五月にＳＦ同人誌『宇宙塵』が創刊され(注2)、第二号に載った星新一の「セキストラ」が大下宇陀児の目に留まり、『宝石』の十一月号に転載された。

この『宝石』にも乾信一郎は寄稿するが、ラジオの台本や雑文書きも断れないし、とにかく忙しくて、ブッ倒れそうだった。

ときおり死の影が脳裡をかすめる。彼にとっては、いわば『新青年』においてほぼ同期生であり、ある意味ではライバルでもあった久生十蘭が十月六日に死んだことも、影響しているのだろう。十蘭の出世作「金狼」の登場人物中の「乾」という苗字は多いものではないから、乾信一郎から借用したのかもしれない。

昭和三十二年でもう一つ記憶に残るのは、雑誌『キング』が十二月号に、終刊を宣言する社告を載せて、栄光の歴史を閉じたことだ。『キング＝富士』がファシスト的であったか否かは別として、その存在は大きかった。後継誌の名は『日本』と決まり、三十三年からは社名の中の「大日本雄弁会」が消えて、ただの「講談社(注3)」になった。

昭和三十三年というと、四月から赤線の灯が消えている。六月には阿蘇山が大爆発を起こし、観光客が死亡した。

乾信一郎は硬派の与太的なところはあっても、「飲む・打つ・買う」には縁のないほうだから、公娼廃止に文句はない。しかし、阿蘇山の噴火には胸が痛んだ。

仕事のほうは、翻訳がリチヤード・ハルの『伯母殺し』(早川書房)で、あとはイヌのコロが儲けさせてくれた。つまり『童話コロの物語1』、『同2』、さらには『マンガコロの物語1』、『同2』、『同3』(いずれも鈴木出版)と続けて刊行されたのだ。

ところが忙しすぎた乾信一郎は、昭和三十四年になるとバテてしまう。

休筆中のユーモア考

疲れのもとは、主として放送劇からきているようであった。

昭和三十四年には、「童話コロの物語3」と「同4」が鈴木出版から出版されているものの、まえからの備蓄が出されたようなものである。

じっさい「コロ」の人気は、たいしたものだった。童話やマンガだけでなく、『日の丸』(昭和三十三年五月号、集英社)や『たのしい二年生』(昭和三十四年八月号、講談社)などの付録としても活躍したのだ。

もう一つ大切なものがあった。ジョンストン・マッカレーの『地下鉄サム』(東京創元社)だ。これは少し以前訳が出ているが、今回、昭和三十四年七月に発行された創元推理文庫の乾訳は、図《はか》らずも『世界大ロマン全集』第六巻（昭和三十一年十一月、東京創元社）から創元推理文庫に収められたものである。

突然、休筆宣言を出して無職状態となり、困ったな！　と思っていたところへ、丁度いい収入源ができたわけである。

じっさい彼は終戦直後から、もはや戦後でないと言われた時代を駆け抜け、さらに働き続けてきた。彼は疲労困憊の極に達していた。それで一年間の休筆宣言を出してしまったのだ。したがってこれは、じつに有難かった。

ついでながら戦前『地下鉄サム』は坂本義雄が訳しており、(注4) 戦後は日本出版協同株式会社から刊行された。以前の訳にもよい点はあるだろうが、東京創元社の乾信一郎による翻訳は、彼の持ち味を活かしたような優《すぐ》れた作品になっている。

それでは安心して、ユーモアあふれる十編の連続推理コントを読んでみよう。

――ニューヨークっ子のサム君は、地下鉄専門の掏摸《すり》の名人だ。向こう意気はつよいが人情にはもろい。「鼻のムーア」と呼ばれる退役強盗や、「めかし屋ノエル」という怪しげなダチ公（友だち）と交わりながらも、単独で「抜き屋」（掏摸）をやっている。そのサムが抜き取る現場を取り押さえようと付け回しているのが迷探偵のクラドック（警察の刑事）で、敵役《かたきやく》だが二人の間には奇妙な友情もある。こうした人間模様に彩られて、「サムの放送」、「サムと厄日」、「サムと指紋」、「サムと子供」、「サムとうるさがた」、「サムの紳士」、「サムと名声」、「サムと大スター」、

「サムと贋札《にせさつ》」、「サムと南京豆《ピーナッツ》」と続く……。

これらはユーモア探偵小説とでも呼べそうな作品であり、子どもが読んでも支障がない。児童文学にユーモアの要素は重要だが、ユーモア小説とはいったい、なんだろう？

欧米ではイギリスがユーモアの本場だった。その流れを汲むアメリカにもユーモア小説は多いし、ブラックユーモアは推理小説に繋がってくる。

欧米では児童文学も早くから普及しており、アンドルー・ラングの童話集は十九世紀に出たものだ。日本では東京創元社が昭和三十三年から三十四年にかけて『ラング世界童話全集』全十二巻として出版しているが、日本の場合、一部の民話を除くと子どものための物語は多くはなかった。

おまけに日本の伝統的な文学観には、自分のために書く私小説的なものを純文学、他人を喜ばすために書いたものを大衆文学として区別する風習があった。

この差別には疑問があるが、文学ならぬ大衆小説は髷ものの時代小説を筆頭に、恋愛小説、家庭小説、風俗小説、探偵小説、科学小説、冒険小説、動物小説、ユーモア小説等に分類され、それぞれ歴史的な背景を持っている。

ユーモアは上品な「おかしみ」で、洒落・諧謔である。欧米産の概念だが、日本で類似の先駆作品を探すなら、江戸時代の滑稽本を挙げることができよう。

初期滑稽本の代表的な作家には風来山人（本名・平賀源内、一七二八〜一七七九）がいる。一九世紀には十返舎一九の『東海道中膝栗毛』、式亭三馬の『浮世床』、滝亭鯉丈の『八笑人』などがあったが、明治以後は姿を消す。

そこへ、夏目漱石（一八六七〜一九一六）が欧米文学系の「笑」を輸入した。彼は『吾輩は猫である』において諧謔と諷刺を展開したが、日常の精神内界は欝的な苦渋に満ちたもので、ユーモア作家にはなりきれなかった。

このあとを受けたのは、英文学者で作家の佐々木邦（一八八三〜一九六四）である。出世作は「悪戯小僧日記」で、「トム君・サム君」は日米少年間の友情を描いたものだ。彼は『少年倶楽部』や『少女倶楽部』で活躍し、『新青年』にも寄稿している。

フランス人と結婚した作家で演出家の獅子文六（本名・岩田豊雄、一八九三〜一九六九）は、ユーモア小説のセンスがあった。本名と筆名で『新青年』の誌上を賑わし、戦後は獅子文六として『てんやわんや』等を発表した。

イギリスのユーモア作家ウッドハウスを翻訳して『新青年』にデビューした乾信一郎は、すぐユーモア作家にもなったがベストセラーにはイマイチである。

休筆中の信一郎は、あれこれ迷った。

第四章で眺めてきたように、童話や児童文学とユーモアのあいだには親和性があるようだし、乾自身にも密着したもののように思われた。

だが、世の中には子ども向けの怖い話もある。ＳＦという言葉はまだ普及していなかったが、ジュニア・ミステリはあった。

東京創元社は三十三年から『世界恐怖小説全集』全十二巻の刊行を始め、信一郎が休筆していた三十四年にも続いていた。先述した『世界大ロマン全集』(注5)の売れ行きを見ながら決めたらしい。ホラーのブームは周期的にやって来るものなのだ――と乾信一郎は思った。それよりも自分は、どの方向へ進んだらよいのだろうか?

乾信一郎は童話作家ではない。放送作家は忙しすぎる。純文学的な私小説への願望はなかったが、自分の生きざまを書き残しておきたい、とは思う。

おぼろげに脳裡を去来するのは、自叙伝のようなものだった。

ラジオドラマからテレビ時代に

脚本家というと、なんとなく分かるが、放送作家となると、いま少し摑みにくい。それをもう少し正確に言えば、放送番組の制作における「企画」や「構成」を専門に行う作家のことだ。構成をする作家という点を強調する場合は構成作家とも言うし、ラジオ業界では構成作家と言う呼ぶ方が一般的だった。この原稿は残らないことが多いので、すぐれた作品は保存されるように工夫され始めた。

台本とは、台詞《せりふ》の書いてある本のことだ。同じような意味の言葉に、脚本とかシナリオなどもある。シナリオは場割り書きをしたものという意味で、「場面 scene」から出た言葉だ。もともとは演劇やオペラの台本の意味で使われていた。(注6)日本では映画界で使われることが多かったが、同じようなものと思ってよいだろう。

ただし、戯曲と脚本は少し違う。戯曲も俳優が表現する物語や行為を書き表した文学作品ではあるが、脚本が特定の俳優とか劇の成果が上がるように書かれるのに対し、戯曲は作家の表現意欲のほうが先行するのである。

しかし乾信一郎は、難しいことは考えずに、ひたすら放送台本を書いていた。

NHKが東京地区でテレビの本放送を始めたのは、昭和二十八年の二月だ。乾信一郎が放送劇「家庭グラフ」の台本を書いていた頃のことである。昭和三十年、シネラマが公開され、トランジスタラジオが発売された。三十二年の年末、NHKはFMとカラーテレビの実験局を開局し、三十四年には教育テレビを始める。民放（民間放送）としては、日本テレビと東京放送（TBS）が開局していた。三十四年には皇太子のご成婚があり、春には消費が拡大し、テレビの普及も加速した(注7)。この頃、熊本の水俣《みなまた》で発生した奇病が工場排水の有機水銀によることを突き止めたのは、熊本大学の医学部だった。

昭和三十五年には自民党の池田勇人内閣が成立、初の婦人大臣が誕生し、経済の高度成長・所得倍増政策が喧伝された。乾信一郎は60歳、還暦である。

どの政党がどうなろうと、信一郎の文学活動とはあまり関係ない。放送作家の場合は並みの文士とはチョッと違って、役者とか舞台装置だの音響効果だのといった、純粋に文学であるだけでなく他の職種との接触も多いので、文芸人という表現のほうが適しているかもしれないが、いず

経済の高度成長期には

れにしても違う世界のことだ。しかし叔父の司経由で多少は知った人物ではあったし、所得倍増という掛け声で気持ちが浮く。

出版界では、早川書房の『SFマガジン』二月創刊号(注8)が発刊され、マスメディアの世界では、トランジスタテレビやカラーテレビが売り出された。

昭和三十年代がラジオドラマの時代だとすれば、四十年代からはテレビドラマの時代だ。すでに三十七年には、テレビの受信契約数は一千万を越え、エド・マクベイン原作の「87分署」シリーズが、視聴率二五パーセントを続けていたから、時代の趨勢は明らかだった。

そしてテレビの時代の到来は、SFの時代の到来でもあった。

星新一のデビューを皮切りに、以下、五十音順に列記すれば、小松左京(一九三一~二〇一一)、筒井康隆(一九三四~)、豊田有恒(一九三八~)、平井和正(一九三八~二〇一五)、眉村卓(一九三四~)、光瀬龍(一九二八~九九)たちが登場したのである。児童SFには瀬川昌男(一九三一~二〇一一)がいた。

あたかも別の世界が生まれたような感じだったのである。

乾信一郎は、それでもラジオドラマを見捨てない。

あの昭和三十五年には放送劇台本「スイートホーム殺人事件」を書く。四月四日からNHKラジオ連続放送「ジョージ元気で」が始まったが、これもイヌである。翌年四月一日まで二九七回続く。

翌三十六年には、十月二日からNHKラジオ連続放送劇「キャンデーの冒険」が始まる。今度はネコで、一二六回だった。

彼がラジオドラマを書き続けたのには、それだけの理由がある。つまり、それを好む聴衆がいた[注9]、ということだろう。

昭和三十七年には、『文学のなかのふるさと　熊本における近代文学散歩』[注10]が、旧制五高出身の上林暁の推薦文付きで刊行された。計七〇編の作品に文学散歩的な解説を付けたもので、乾信一郎はやはり『敬天寮の君子たち』が取り上げられている。

昭和三十九年には、放送劇台本「風流一一〇番」を書き、「あり得ない話がある話」（芸文社）を出版した。

年末には『動物夫婦百景』を芸文社から出した。「けものの性生活」という副題が付いているが、別段、厭《いや》らしいものではない。

2節　狂騒曲あるいは鎮魂歌

良くも悪くも四十年代

大蔵大臣から総理大臣になり、経済の高度成長路線を推進した池田勇人は、昭和三十九年の夏から体調を崩し、一年後に癌で死亡した。

乾信一郎は、政治にはあまり興味を持っていない。しかし叔父・上塚司が、世界平和記念聖堂建立のことで池田に援助を頼み込み、間接的な因縁はあった。信一郎は、ひたすら文筆稼業に励んだが、それにしても、この昭和四十年は知人の死亡通知や新聞記事が続いた。

まず最初は、大坪砂男の一月十二日だ。寡作だったし、乾の「怪盗ココニアリ」が載った『宝石』昭和二十七年十二月号の「推理小説の原理」(注11)にしても、論考の立場は明確でない。名門の出ながら、私生活は乱れており、窮乏の果ての哀れな死であった。

次は信一郎にとっても大切な森下雨村の死である。戦争末期に高知へ帰省してからは会うことも少なくなっていたものの、脳出血になったという話は聞いたことがある。それが五月十六日に急変し、午後十時半に高知県高岡郡佐川町の近藤病院で死亡したのだ。

横溝邸へ十七日に電報が入り、彼がすぐ乾信一郎へ手紙を書いた。葬儀は十八日午後四時から自宅で行われ、正史の弔辞を令息の亮一が代読した。うの花曇り、走り梅雨だった。

七月の下旬には、東北地方まで梅雨が明ける。関東地方の戻り梅雨も明けた七月二十八日の午後四時十一分、江戸川乱歩が脳出血のため、豊島区池袋三―一六二六の自宅で死去した。70歳である。八月一日の午後一時から、青山葬儀所で日本推理作家協会葬が執り行われた。新聞は四年まえの紫綬褒章なども含めて、大きく報じていた。

また七月三十日午前七時三十五分、谷崎潤一郎が死亡した。乾信一郎がまだ上塚貞雄だった頃の先任編集者・渡辺温の自動車事故死に自分の責任を感じたのか、谷崎が雑誌『新青年』に「武州公秘話」を書いた秘話については、第二章1節を参考にして頂きたい。彼は七月二十四日の79歳の誕生日の翌日から、腎不全と心不全が悪化して死んだのだ。

もう一つ付け加えるなら渡辺文子は、結婚後は北島文子となり、大戦後の昭和二十一年（一九四六）から北島府未子のペンネームで執筆を再開し、昭和三十九年七月には『北島府未子作品集』を出版[注12]した。翌昭和四十年（一九六五）七月に、サンパウロで死亡している。

ただし、よいこともなかったわけではない。

終戦直前のことを書いた「山に登った水兵」を横溝正史が褒めて、「加筆しては一冊の本にしなさい」と言ってくれたのだ。乾自身にも、その気はあった。自叙伝の一部に、という想いもあった。ところが図らずも、発表の場を失い[注13]、単発のままで終わるのである。

となると、やっぱり、これもわるいほうにはいるのかもしれない。

四十年代には、また動物小説を書きだしており、四十一年は『猫の小事典』（誠文堂新光社）を刊行している。この中には「宇宙ネコ」などもあって、興味を引く。

ムツゴロウの異名を持つ昭和十年生まれの畑正憲（一九三五〜）は、昭和から平成にかけて最も広範囲に活躍した動物研究家でナチュラリストである。『われら動物みな兄弟』（昭和四十二年）で作家としてデビューし、エッセイやノンフィクションのほか、『ゼロの怪獣ヌル』（昭和四十四年）のようなSFも書いていた。

乾信一郎のエッセイにもSF的なセンス・オブ・ワンダーを感じることがあるし、椋鳩十の山窩小説にも異星の物語を感じることがある。
動物小説とSFには近親性があるのかもしれない。
乾は昭和四十二年にはキーティング作「ボンベイの毒薬」を、四十三年にはカニンガム作「おひまなベネローブ」の訳を早川書房から出している。

昭和四十四年（一九六九）の十二月から翌四十五年の六月にかけて、立風書房から『新青年傑作選』が刊行された。

この第五巻（読物・資料編）には乾信一郎の「阿呆宮一千一夜譚」のほか、「阿呆宮」、「縮刷図書館」、「フロア」、「アスファルト」、「シックシネシック」、「すりい・もんきい」、「ヴォガン・ヴォグ」など、懐かしいコラムの一部が再録されている。乾の「阿呆宮一千一夜譚」は昭和五年八月号、九年八月号、十一年六月号が載っている。編集長になる以前のものだ。

乾は同書の「月報Ⅳ」（昭和四十五年、一九七〇年三月）に「その頃の編集部」を書いている。その頃とは昭和五年、彼が博文館に入社したのが三年だから、まだ駆け出しの頃のことだ（はじめ上塚貞雄、それから五年十月号まで乾信四郎、信一郎になったのは十一月号からで、八月号の目次には名前なしだった。）。

四十四年は、日本文藝家協会が「文学碑公苑」を開設した年でもあった。すなわち、富士山麓（静岡県駿東郡小山町）の富士霊園内に墓碑「文学者之墓」を設け、墓壁に筆名と代表作品名を記し、墓壁前の地下には遺骨や遺品が納められる。第一期の刻字第一号は菊池寛で、代表作は「父帰る」だった。

乾信一郎もやがてはここへ入るのだが、それはあとの章で述べるとして、この年は『ニューヨーカー短編集』（早川書房）に、ウォルコット・ギブズの「ミルトン・バーガーの求愛」を訳したものが収録されている。

昭和四十五年の翻訳はバクスト「ある奇妙な死」、ポーター「奮闘　ドーバー⑤」、マール・ミラ「恋情」（早川書房）などである。


昭和四十八年七月十七日、画家の松野一夫が死んだ。心筋梗塞だった。明治二十八年（一八九五）十月一日に生まれているから満77歳、享年七十八になるのだろう。

さて第一章から四章までは、おおむね逐年的に述べてきた。本章も、昭和三十二年から四十九年（昭和四十年代末）までを一応の枠にしているが、以後、特にテーマを持った項では枠を超えた記述が出てくるので、ご了承願いたい。

死亡記事がすぐ目に入るのは、子ども時代にイジメに遭って「死ぬのか!?」と思った記憶が影響し、天気が気になるのは、一緒に遊んでくれた小動物たちへの配慮があったのだろう。だとすれば、乾信一郎（上塚貞雄）の、心の闇にも触れておくべきではあるまいか。

『時計じかけのオレンジ』は……

昭和四十六年から四十七年にかけては、アンソニイ・バージェス「時計じかげのオレンジ」[注14]が話題を呼ぶ。

乾信一郎が苦労して訳したアントニイ・バージェス著『時計じかけのオレンジ』は、昭和四十七年六月に早川書房からハヤカワ・ノヴェルスの一冊として刊行され、昭和五十五年（一九八〇）三月、手を加えた形で再刊された。

最初の訳本やキューブリック監督の映画[注15]では第三部6章で終わっていたが、再刊では姿を消していた第三部7章も収録され、全貌が明らかになっている。著者名の日本語表記も「アントニー」から「アンソニー」に変わっている。

非行少年アレックスの一人称で語られる粗筋を述べてみよう。

――近未来の管理社会下の大都市で、アレックスたち数名のチンピラ一味は、悪逆の限りを尽くす。ホームレス老人を襲撃し、作家の家では彼の目の前で彼の妻を輪姦。レコード店で引っかけた女の子とセックスし、老女宅へ押し入っての撲殺。だがアレックスは仲間の裏切りで、彼だけが警察に逮捕される。矯正治療を受けさせられて出所したアレックスの最後のモノローグは、6章では《おれは、まるっきりなおったんだ。》で終わっていた。しかし7章では《アーメン。そしてくそくらえだ。》となっている。

この翻訳書は「近未来SF」として売り出されたが、いまなら「現未来」のロマン・ノワール（暗黒文学）というかクライム・ノベル（犯罪小説）として紹介されるかもしれない。

6章で終われば、この悪童も管理社会に敗れ、管理社会の怖さが脳裡に残るのだが、7章まで出すと、直ることのない悪人像が浮き上がってくる。

硬派の青春文学である『敬天寮の君子たち』は別格としても、犯罪者を扱ってもユーモアに満ちた友情が描かれた『地下鉄サム』と比べれば、かなり大きな乖離《かいり》があるようだ。

乾信一郎は『時計じかけのオレンジ』をノワールな（真っ暗な、極悪の）青春文学、あるいはピカレスク（悪漢）小説と見做していたのかも知れないが、一般的に言えば、感情移入がなければ翻訳はできないだろう。

だとすれば、彼にも悪党の性向があったのだろうか。中年から熟年になろうとしていた信一郎は、義理堅く物わかりのいい男になっていたが、もとより聖人君子ではない。

彼の中にも、神がいれば悪魔もいた。そこまで突き詰めないとしても、乾信一郎（＝上塚貞雄）の心の中には、いつも相反するものが共存していた。「乾信一郎　猫と青春 展」の説明図録（前掲書）には、こんな言葉が載っている。

何とかしてみんなと同じになろうと苦心したし、同時にまた、おれはおれだという強い反発心が芽ばえたのもこの頃のような気がする。この協調精神と反発精神とが私の胸の中に同居して、その後今日に至るまで、胸中で、何かといえばこの二つが格闘を演じて苦しむ。強調ひと筋でいこうと決心したことがあり、反発だけで世を渡ってやろうなどと不敵なことを考えたこともあったが、胸の中の「協調君」と「反発氏」は、相変わらず同居している。

ジキル博士とハイド氏とまではゆかなくても、こうした両価性は誰にでもある。それが彼の場合は幼少時に生じた人間不信が大きく影響し、イジメに対する対抗手段という面もあったのだろう。

こうした問題は、あとでまた取り上げるとして、昭和四十年代末の仕事もチョッと眺めておきたい。

経済の高度成長期には

昭和四十八年、67歳の乾信一郎は、依然として翻訳を続けていた。この年の翻訳はポーターの『逆襲　ドーバー6』、ハインズの『鷹と少年』、マリリン・ダーラムの『キャット・ダンシング』などを早川書房から出していた。

鳥を扱った『鷹と少年』は、普通の動物小説とは少しニュアンスが違う。非行歴もある炭鉱町の貧しい少年と、ケスと呼ばれる野性を失わない小型のタカの物語だ。訳者の乾は、ペットブームで動物が生きているオモチャとして扱われている風潮に疑問を投げかけている。

翌四十九年になると、物価の急騰と企業のマイナス成長のためにストが頻発し、その結果かどうか怪奇ブームが起こった。だが信一郎は、自分のペースで翻訳の仕事を続けていた。

翻訳にはジョン・ギルの『最後の英雄』があるが、ここで推理小説の女王、アガサ・クリスティーを眺めておこう。

アガサ・クリスティー自伝など

イギリスのアガサ・クリスティー（一八九〇～一九七九）といえば、髭のエルキュール・ポアロやミス・マープルなどの探偵を生み出しただけでなく、数えきれないほど（オーバーだけれど実感！）の長・短篇から戯曲、脚色までものした大作家だ。

昭和四十五年二月、乾はクリスティーの『バートラム・ホテルにて』を訳出している。詮索好きな老嬢ジェーン・マープルが久々に登場し、幼い日に叔父と叔母に連れて行かれた由緒あるロンドンのバートラム・ホテルを訪れる。時代から忘れられた宿泊人、懐かしい過去が暖かく保たれている。犯罪とは無縁な場所だと思われたのだが……。

版元のコリンズ社が「クリスマスにクリスティーを」というキャッチ・フレーズで、クリスティーの新作を出す。これは一九六五年（昭和四十）のクリスマス・プレゼントだった。

ところで、翻訳家を育てる目的で作られた月刊『翻訳の世界』という雑誌がある。その昭和五十三年八月号に、乾信一郎がアガサ・クリスティーの『自伝』の中の一節（処女作『スタイルズ荘の怪事件』に触れた部分）を懸賞募集の課題作に使っており、自分が翻訳中であることを述べたあとで応募者に対し、《クリスティーの文章は平易でほのかなユーモア味のあるのが特徴、その点を生かした訳文にしてほしい》と、コメントを付けている。

クリスティーは他界十年前の一九六五年には「自伝」を書き上げており、のちに出版され話題になっている。昭和五十三年に乾信一郎が邦訳し、早川書房から出版された『アガサ・クリスティー自伝』(上・下)は、乾信一郎にとってもライフワークの一つであり、彼の自叙伝志向へ油を注ぐものでもあった。「訳者あとがき」の中で、彼は次のように述べている。

どんなに苦しかったこともつらかったことも、この炉辺のお年寄り口からはとげとげしさがなくなって出て来る。それはこの人の小説にもあるように、まことにふっくらとしたユーモアがそこはかとなく漂っているせいであろう。

彼女の『パーカー・パイン登場』が訳出されたのも昭和五十三年だ。これまでにも、有名なベルギー人のエルキュール・ポアロや、お喋りな老嬢ミス・ジェーン・マーブルたち名探偵を生んできたが、パーカー・パインは「心の専門医」とでもいう〈身上相談〉を特徴とする、気品ある禿げ頭のイギリス紳士だ。すべてが短篇である。

昭和五十五年一月、クリスティー作『復讐の女神』の翻訳初版が早川書房から出た。これはミス・マーブル・シリーズの十一冊目で最後にあたる。80歳代に入ってからのクリスティーは健康ではなかったが、81歳になった一九七一年(昭和四十六)に本書を発刊したのだ。

乾信一郎も同様だった。当時は74歳で心臓の異常を感じることはあったものの、仕事量は減っていなかったし、「訳文が大へんよかった」と、横溝正史から褒められている。

乾信一郎による訳の題名で感心させられたものに、『終りなき夜に生れつく』がある。原題は“Endless Night”で、クリスティー自身もお気に入りの作品だったそうだ。

南イングランドの「ジプシーが丘」と呼ばれる呪われの地に建つ塔屋敷……ミステリとしてもラブ・ロマンスとしても一流だ。

次に出版社の側に目を転じてみよう。

第3節　ミステリとＳＦの出版社

『宝石』の転生・消滅

新保博久の『ミステリ編集道』(注16)では、東都書房、宝石社、久保書店、桃源社、幻影城、講談社、新潮社、光文社、集英社、角川書店、東京創元社、早川書房、国書刊行会の編集者との対談・鼎談を集めたもので興味深い。

ミステリやＳＦを扱っている出版社は、他にも徳間書店、扶桑社、論創社など少なくないが、戦後の登竜門は『宝石』で、さらに早川書房と東京創元社に続くのだった。

乾信一郎は、『宝石』創刊前の初期にタッチしたおかげか、探偵小説作家でもないのに「岩谷書店」の『宝石』にはよく書かせてもらった。同じ号に複数の原稿を寄せたこともある。

経営の失敗で岩谷社長が退陣し、城昌幸が「宝石社」社長となってもパットしない。表紙絵は

経済の高度成長期には

大体中尾進の女性の顔だった。表紙のセイではなくて、時代の流れが変わってきたのだ。

先に述べたごとく、昭和三十二年、探偵雑誌『宝石』は八月号から、江戸川乱歩が責任編集することになった。「宝石社」は崩壊寸前だったのである。

乱歩は63歳の老大家になっており、それが広告取りにまで出向いたというからチョッと悲壮だが、よく見ると表紙に変化が出ている。

上に「江戸川乱歩編集」、下にEDOGAWA RAMPO'S MYSTERY MAGAZINEと印刷されているだけではなく、粟津潔や真鍋博が表紙絵を描きだしたので、全体の印象がまるで違ってきたのだ。

この頃まだ乾信一郎は、エドガワランポズ・ミステリ・マガジンの『宝石』にも、『別冊宝石』にもよく書いていた。

別冊では、昭和三十三年九月の七九号は水谷準の編集で、オー・ヘンリーの「感謝祭の老紳士」（坂本三春・訳）や古典的推理小説とともに、乾信一郎はハードボイルドのダシエル・ハメット作「暗闇から来た女」を訳している。

別冊の八一号（同年十一月）には、A・E・W・メイスンの「ある男と置時計」を訳していた。これは奇妙な癖のある時計のお陰で完全犯罪のできるSF的な味のする作品で、作者は『矢の家』で有名なイギリスのロマン文学作家で劇作家だ。

この頃の表紙絵は永田力で、いい雰囲気を出している。だが結局、「宝石社」の経営が好転する日は来なかった。長い間、経済的に低迷しながら出版を続けていた『宝石』は、昭和三十九年

『宝石』の諸相
前列：左は岩谷書店、右は宝石社
後列：左は光文社、右は江戸川乱歩編集

十月号で休刊して店をたたむ。

　このとき『宝石』の誌名を買い取る条件で、光文社が宝石社をたたむための資金援助をし、翌四十年十月、光文社の伊賀弘三郎が編集兼発行人となり、別の理念で再出発する。『宝石』の題字の横には、Kappa Magazine for a Man's Life と印刷してあった。

　理念の違いは表紙から見られ、構成・鶴本正三、カメラ・篠山紀信、イラスト・生頼範義、モデル・真理アンヌといったチームワークなのである。

　以後、文脈から区別する必要のある場合は、こちらをカッパ・マガジン『宝石』、以前のものを、旧『宝石』と呼ぶことにしておこう。

　さて十月号を創刊号にしたこの『宝石』は、創刊号男と呼ばれた梶山季之を起用している。

　梶山はポルノ作家と見られることが多かったが、彼の三大テーマは生まれた植民地のソウル、育った原爆のヒロシマ、母親の里ハワイであり、ミステリ、SF[注17]も書いている。

またいろいろなコラムを用意しており、石川喬司が書いている。のちに石川はSFの評論に力を入れるようになり、『SFマガジン』の「SFでてくたー」欄を担当するようになる。

乾信一郎のほうは『宝石』から遠ざかっていった。

結局、『宝石』は昭和を越えて平成十一年（一九九九）まで続き、小説「宝石」、SF「宝石」、などに名を残す。

合計すれば半世紀余り続いたのだから、まあ長命なほうだろう。

その後の早川書房と東京創元社

結局、ミステリやSFを守り続けたのは、主として早川書房と東京創元社だった。

乾信一郎の作品を最も多く扱っているのは早川書房だ。EQMM（『エラリイ・クイーンズ・ミステリ・マガジン』）は、昭和四十一年の一月号から『ミステリマガジン』と改題した。乾信一郎と関係の密な雑誌である。

平成時代の現社長・早川浩は、昭和十七年（一九四二）、東京は神田で生まれ、神田で育った。軍需協力工場を経営していたのは祖父で、早川書房の初代、清は父である。

慶応大学に進み、卒業した昭和四十年に早川書房へ入社する。翌年からニューヨークのコロンビア大学で学びながら、出版社を廻って人脈を築く。『ジュラシック・パーク』のマイクル・クライトン（二〇〇八年に急逝）とは、同年齢のせいもあって親交を結ぶ。

浩がSF作家のアーサー・C・クラークと初めて会ったのは大阪万博の昭和四十五年(一九七〇)、つまり国際SFシンポジウムのときだ。『朝日新聞』のインタビュー記事「人生の贈りもの」(聞き手・三ツ木勝巳)[注18]によると、クラークは「日本では早川書房が私の出版社」と言い、その後も毎月手紙で近況を知らせてきたという。

東京創元社は、本章の始まりである昭和三十二年当時〈世界大ロマン全集〉を刊行しており、第三章でも触れたように、第六巻が乾信一郎だった。

ところで高井信によれば、その一月刊であるジュール・ヴェルヌの『八十日間世界一周』には「モーリス・ルヴェル短編集」として併録されたショートショートがあり、六月刊のジョルジュ・クールトリーヌ、フィシェ兄弟の『陽気な騎兵隊　三角ものがたり』では、フランス・コントが多数収録されているという。

高井はこれらを、日本ショートショート出版史の面から取り上げ[注19]、興味深い論考をしているが、星新一のデビュー、久生十蘭の死亡、江戸川乱歩の『宝石』編集、『キング』の終刊など思い巡らすと、昭和三十二年は特別大きな節目の年だったように思われる。

その後、昭和三十六年に一度倒産したが、翌年、東京創元新社として再興し、昭和四十五年には負債の整理が終わったので、株式会社東京創元社に名前を戻している[注20]。

創元推理文庫はミステリ専門の文庫としては日本の草分けであり、昭和五十年代の中頃までは海外作品が主体であった。翻訳推理小説、翻訳SFの老舗出版社として知られている。

規模からいえば中堅に属するが、ミステリやSFの出版社としては大手にひけを取らない知名度を持っている。現在では国内の作家発掘にも力を入れているが、乾信一郎との関係は、主としてベテラン翻訳家という立場を通してであった。

たとえば昭和六十年（一九八五）に東京創元社から刊行された『探偵小説の世紀』（下）は、《乾信一郎他訳》となっているが、彼はE・D・ビガーズ（一八八四～一九三三）作「一ドル銀貨を追え」を訳しているだけだ。しかし、これは本書中もっとも長い中篇であり、ここではビル・ハモンドという新聞記者探偵が事件を解決してゆくが、アメリカ人のビガーズがイギリスでも大成功をおさめたのは、中国人探偵チャーリー・チャンを創り出したからであろう。

その探偵を主人公にした『チャーリー・チャンの追跡』は、同じ年に乾信一郎訳で、創元推理文庫の一冊として東京創元社から出版されている。

単行本ではないが六十年五月二十四日、乾は東京創元社用に「編集部うら風景」八枚を書いている。『新青年』編集部の思い出である。

東京創元社の代表取締役は、小林茂から再建者社長を挿んで、秋山孝男になるが、浅野剛と里吉力雄が債権者役員として介在していた。したがって逐次的に記せば、小林、浅野、里吉を経て生え抜きの秋山となり、平松一郎、橋本治夫、戸川安宣《やすのぶ》と替ってゆき、平成二十七年現在は長谷川晋一だが、熟年・晩年の乾信一郎と親交のあったのは戸川だ。

戸川安宣は昭和二十二年十一月十四日、長野県の生まれで、江戸時代の戸川家は大身の旗本であった。昭和四十五年、立教大学文学部史学科卒。在学中に立教ミステリ・クラブを創立し、ミステリ・ファンクラブ「ＳＲの会」にも入会した。卒業後は東京創元社に入社し、以後一貫して同社の編集業務に就く。『探偵小説の世紀（下）』では巻末の「文庫データ・ボックス」に「地獄庵蔵書目録」を書いている。

さて余談が長くなったようだ。次章では昭和五十年以後を、洗い直してみよう。

【注】

1　熊本近代文学館には「コロの物語」など連続放送劇の台本が全巻揃って、良好な状態で保存されている。熊本市出水にある同館は、県立図書館と同一敷地内に続いて建っており、重厚な文化の香りを感じさせる。

2　柴野拓美、山岡謙、森東作、牧眞司・編『塵も積もれば——宇宙塵40年史　いつまでも前向きに——（改訂版）』平成十八年十二月、発行・宇宙塵。

3　佐藤卓己『キング』の時代』岩波書店、二〇〇二年九月。

4　坂本義雄訳の『地下鉄サム』は、大正十三年（一九二四）に博文館から出版された探偵傑作叢書に怪奇探偵として収載されている。戦後は昭和二十八年（一九五三）に日本出版協同から刊行されている。

5　昭和三十年代前半に刊行された東京創元社の『世界大ロマン全集』全六五巻については、高井　信編集・発行の『〈世界大ロマン全集〉解説総目録』が出ている。

6　下中邦彦編『国民百科事典』第六巻（平凡社、一九六一年二月）、二三六九頁。
7　朝日クロニクル『週刊20世紀一九五八』朝日新聞社、一九九九年五月。
8　『SFマガジン』の創刊号は一九六〇年二月号だが、奥付での発行は昭和三十四年十二月二十日になっている。
9　渡辺玲子「ラジオドラマ、いまなお」（広島ペンクラブ編『ペンHIROSHIMA』二〇〇三（上）、平成十五年五月）。
10　平山謙二郎『文学のなかのふるさと　熊本における近代文学散歩』昭和三十七年十月、熊本日日新聞社。
11　『宝石』のこの号だけでなく、九・十月号でも「沙男」が使われている。
12　北島府未子著『北島府未子作品集』（発行者・日系出版社、発行所・パウリスタ印刷株式会社、サンパウロ、一九六四年七月）の装幀をしたのは、熊本県宇土郡不知火町（現・宇城《うき》市）出身でブラジルのピカソと呼ばれたマナブ・マベ（間部学）だった。
13　『文芸朝日』に掲載されたのは昭和四十年（一九六五）九月号だが、同誌はこれを最後に休刊した。
14　バージェス著『時計じかけのオレンジ』は、初めは第三部第六章までで発表された。アントニイ・バージェス選集②『時計じかけのオレンジ』乾信一郎訳では、第3部に7章が追加されており、「訳者のあとがき」も変わってきている。第七章を入れるかどうかは、著者本人も迷っていたようだ。

15　キューブリック監督、ワーナー・ブラザー制作『時計じかけのオレンジ』の映画（一九七一年）は現在でもＤＶＤ（日本語字幕入り）で見ることができるし、日本での舞台化も評判を呼んだという。

16　新保博久『ミステリ編集道』本の雑誌社、二〇一五年五月。

17　天瀬裕康『梶山季之の文学空間』溪水社、二〇〇九年四月。天瀬は一九九七年八月の第三六回日本ＳＦ大会（通称あきこん）で「梶山季之とＳＦ」の講演をした。

18　平成二十六年二月十七日～二十一日付で『朝日新聞』に五回連載された「人生の贈りもの」は、二代目社長・早川浩についての記事だが、初代の息吹も伝わってくる。

19　高井信「日本ショートショート出版史・覚え書き０１」（[Hard SF Laboratory] Vol.138　ハードＳＦ研究所公報、二〇一五年二月）。この公報は、石原藤夫博士の編集によるレベルの高い研究誌である。

20　影浦泰一編『東商信用録』関東版（東京商工リサーチ東京支社、二〇一四年一〇月）等を参考にした。

第六章　昭和後期の人脈とイベント

1節　信念のある人たち

肥後「もっこす」

地方には中央にはない反骨精神を持った、独特の人間像を表す言葉がある。

土佐の高知には「いごっそう」というのがあるし、肥後熊本の方言には「もっこす」というのがある。「意地っ張り」のことだ。「肥後もっこす」(注1)とも言う。

乾信一郎の上塚貞雄は、自分にも「もっこす」の血が流れているのではないか、と思うことがあった。アタマにきたときなどにベランメエで喋ることはあったが、江戸っ子ではない。熊本弁を使うつもりはなかったが、熊本との繋がりは大切にしたかった。

子どもの頃の熊本では、「ジャンケンが出来ない」といって、暴力を伴うイジメを受けた。それを忘れたわけではないが、いまでは憎しみはない。彼らは、どうしているだろうか?

こうした情報を続けて送ってくれたのは、小学校時代の同級生、第一章にも名前の出てきた成《なり》松進午《まつしんご》だった。

もう一人は親戚の中にいた。上塚貞雄が育った益城郡の家の西隣りに住む上塚尚孝《なおたか》である。彼は昭和十年(一九三五)熊本県の生まれ、昭和三十年から公立学校の教員として平成七年まで勤務し、翌年から熊本県下益城郡城南町《しもましきぐんじょうなんまち》の文化財保護委員となる。十一年から石橋(眼鏡橋)インストラクターとなり、八代市東陽町にある石匠館の館長(注2)である。

この上塚家は、第一章で述べた「上《かみ》」および「下《しも》」の上塚とはまた別の系統であり、光格天皇の安永八年（一七七九）に没した上塚藤兵衛を初代とする家系だ。

以後は助兵衛、貞右衛門、貞助、銀蔵、甚三郎、力蔵と続く。力蔵にはカツミとミサオの二人の子があり、ミサオは原家に嫁して公昭と尚孝の二児を出産した。公昭には長男・正倫と次男・明倫の二人の子がいる。

カツミのほうは子どもが早死したので尚孝が養子に入り、この上塚の八代目になる。尚孝にも男の子がいた。

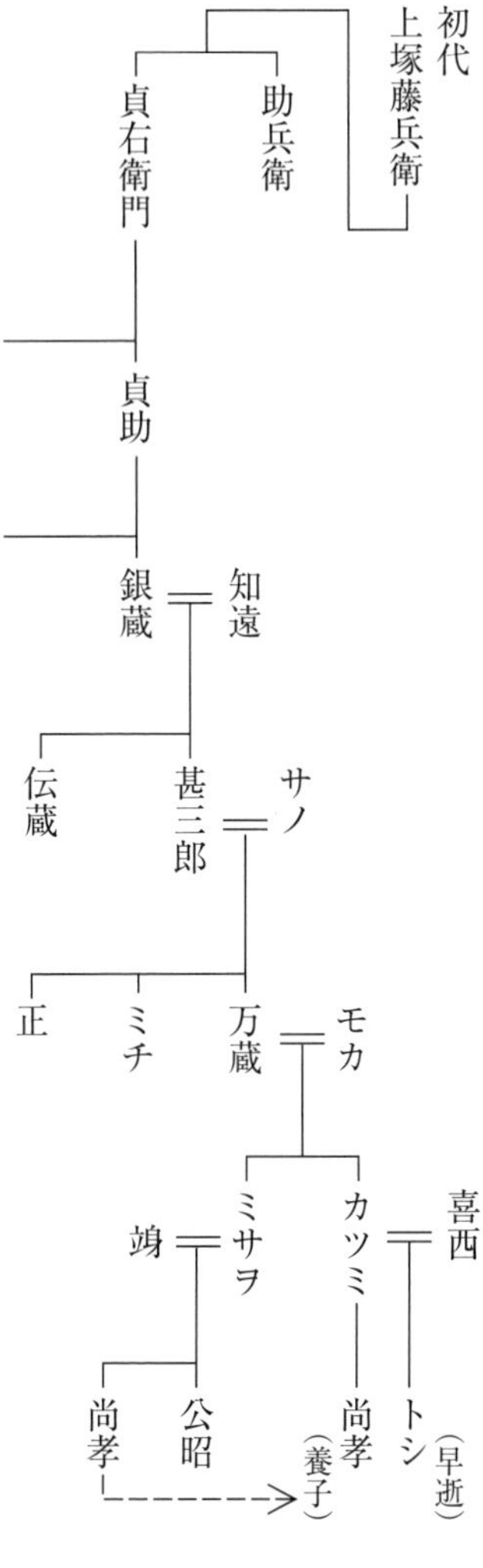

尚孝一族系図

上塚光雄の子孫で熊本在住の人としては、乾信一郎（上塚貞雄）の姉の娘である桝隅久子（熊本市二本木町在住）や、異母弟の上塚拡《ひろみ》が信一郎と接触を持っていたが、貞雄（乾信一郎）と最も接触の多かったのは尚孝で、日記にもしばしば登場する。

上の上塚で貞雄の後見人だった上塚司は、昭和五十三年十月二十二日に逝去した。正五位である。下の上塚でブラジル移民の父と呼ばれた周平も、やはり「もっこす」であろう。

詩人の緒方惇（注3）は、昭和五十九年の『熊本日日新聞』において乾信一郎を評し、《独自な―熊本という土地柄からみればさらに独自な反骨精神を貫く自称〝文芸人〟だ》と言う。

さらに、その遠因を子ども時代にヨソ者として散々な目に会わされたことを挙げ、これが多数による圧力への反発と言葉への敏感な感性を植えつけた、と述べている。

イジメに対し一種の「もっこす」的な対処をした、と言えるのではあるまいか。

司の子の昭《あきら》は医学関係の仕事だったので、体調を崩した際の貞雄（乾信一郎）は、しばしば従兄《いとこ》にあたる昭の助けを求めたものだった。

これはその子の芳郎へと受け継がれてゆく。

昭和後期の仕事

昭和五十年は、プロ野球に異変の生じた年である。赤いヘルメットの広島ナインは、熱狂的な応援団の声援にのった。監督は熊本出身の古葉《こば》竹識《たけし》、広島東洋カープがセ・リーグ加盟以来、二十六年を経て初優勝を遂げたのだ。いわゆる赤ヘルブームが起こった！

いきなり余談に力が入ったが、あとの日記にも見られるように信一郎は野球ファンだ。それに免じてお許し願うとして、この年にはトマス・トライオンの『レイディ』（早川書房）を訳している。仕事はチャンとしていたのである。

昭和五十一年、彼は70歳になった。古稀である。それでもダン・マッコールの『ジャック・ザ・ベア』や、マイクル・クライトンの[注4]『大列車強盗』を訳している。

これは十九世紀の中頃、クリミアでロシアと戦争していたイギリスの軍資金を盗む話。フランス経由で送っていた公金をどうやって盗むか、本文の大半が犯罪の立案準備に費やされる、といった代物だ。

この年の十一月二十七日、旧『宝石』で縁の深い城昌幸が死んだ。和服を愛した詩人であり、あまり探偵小説を書かない編集者であった。あれこれ想うと、寂しくなる。

昭和五十二年（一九七七）にはF・スコット・フィッツジェラルドの『ラスト・タイクーン』、ジョイス・ポーターの『奮闘』の翻訳が早川書房から刊行されている。

母親の沢が死亡したのも、この五十二年の一月二十五日である。貞雄（信一郎）が伝え聞いた話によると、沢は彼を懐胎したとき卵巣嚢腫（卵巣に水袋のできる良性腫瘍）に罹っていた。破裂の危険がある。だが手術をすれば、胎児の命はない。彼女は胎児を産むことを優先させた。沢が手術をしておれば、上塚貞雄（乾信一郎）は存在しえなかったであろう。彼女は貞雄にとって、愛憎こもごもに混じる瞼の母だった。

死亡事項が続いて恐縮だが、五十六年十二月二十八日に横溝正史が死んだ。正史が開いたモダニズム路線は信一郎と強く結び付いていたのだ。

作品のほうは、五十六年にはバート・ハーシュフェルドの『ダラス』やウィリアム・P・マッギバーンの『一九四四年の戦士』、五十七年にはハーシュフェルドの『ダラスⅡ』がある。五十八年には押川曠と共訳で『シャーロック・ホームズのライバルたち』(1)が出版された。

昭和五十九年はE・S・ガードナーの『レスター・リースの冒険』の他、ハヤカワ・ミステリ文庫で『シャーロック・ホームズの災難』(上)が、翌六十年には(下)が刊行された。エラリイ・クイーンが編集したパロディ集で、中川裕朗(本名・剛、広島大学法学部教授)と乾信一郎の共訳である。広島との縁は続いているようだ。

その六十年には、『おかしなネコの物語』(早川書房)の執筆が実を結んでいる。翻訳では、エラリー・クイーン『チャイナ・オレンジの秘密』、E・D・ビガーズ『チャーリー・チャンの追跡』、G・K・チェスタトン『探偵小説の世紀』(下)など、東京創元社の本が並ぶ。ミュリエル・ドビン[注5]の『犬ですが、ちょっと一言』(早川書房)も面白い。

この年の日記を見ると、八月十三日に《博文館新社へ「松野さんと汽車ポッポ」三枚書いて送る》とあり、二十日には《博文館新社、浅井康男氏より「大橋新太郎伝」を贈らる》とかいてある。どうやら博文館系統とはまだ繋がっているようだ。

それではチョッとだけ、横道にそれさせて頂こう。

ある伝記と博文館新社

昭和六十年八月二十日の日記に、「大橋新太郎伝」を贈られたことが書いてあったが、これは乾信一郎にも関係の深い一族についての本だから、少し説明を加えておこう。

表題にある新太郎（一八六三―一九四四）は、博文館創設者・大橋佐平の嗣子《しし》（後継ぎ）である。彼には三人の弟と二人の妹がいた。

上の弟・省吾は神田区神保町で書籍雑誌販売業の東京堂を経営することになる。次の弟・修策は二十一歳で没し、末の弟・幹二は初め博文館に勤め、男女子を設けたが病没する。むしろ妹のほうが重要で、長女の時子は渡部又太郎を養子に迎えた。彼は乙羽と号し、尾崎紅葉を盟主とする硯友社の同人で、巌谷小波や広津柳浪と親しく、紅葉の媒酌で大橋家に入った。彼は働き過ぎて31歳で没したが、一子・佐太郎はのちに一輝と名乗る。次女・幸子の婿は光吉といい、大橋姓を名乗り、共同印刷株式会社や日本書籍株式会社の社長になる。

また、新太郎には長男・進一、次男・正介、長女・文子がおり、後妻との間には、四男四女がいた。

さて大橋一族の系図的な話が続いたから、ここで『大橋新太郎伝』の成立について述べておこう。

筆者の坪谷善四郎は、博文館の操業間もない明治二十一年（一八八八）に、佐平に乞われて博文館に入り、編集局長、内外通信社主筆、大橋図書館館長などを務め、『大橋佐平伝』（昭和七年）、『博文館五十年史』（昭和十二年）などを書いている。これは乾信一郎が『講談雑誌』の編集長で、『新青年』編集長として配置換え・栄転の噂が出だした頃である。

ノンフィクションや伝記作家の才能もあったらしく、『大橋図書館四十年史』（昭和十七年）を刊行し、さらに『大橋新太郎伝』の執筆をしたが、これを稿本（手書きの草稿本）として遺したまま、戦後の昭和二十四年に87歳で死去した。

それを博文館新社の大橋一弘社長が編纂し、六十年八月に出版したのだった。一弘は大橋乙羽の孫、一輝の子であり、本書に挿入された挨拶状には、《これを機会に出版事業に一層の努力を重ねて参る所存》と書かれている。

ちなみに、はじめに新太郎の思い出を書いている共同印刷株式会社会長の大橋貞雄は、新太郎の甥だ。

また、この本の末尾に「執筆までの経過」を書いている浅井康男は、原題が『稿本　大橋新太郎翁』となっていたことに関し、著者の坪谷善四郎が草稿を《伝記と称するに足らぬ》として「伝」の字を省いたものと述べている。含蓄のある話で、この浅井康男が本書『大橋新太郎伝』を乾信一郎に届けたのである。(注6)

博文館新社は第七章でも出てくるので、どうぞ、お楽しみに！

2節　ある日記を巡って

日記についての説明

乾信一郎は几帳面に日記をつける人だった。中断したこともあるが、この時期には病気や死後の準備のことなどが出てくるので、とりわけ重要な資料である。

DESK DAIARY（卓上日記）が使われており、横書きで、おおむね日記の第一面には親戚・知人・出版社を含めた人間関係が、裏面には動植物の記述がある。

親戚・友人関係では、熊本の上塚尚孝や成松進午（学友）が多い。「早川」と書いてあるのは早川書房、「菅野」とは菅野圀彦『ミステリマガジン』編集長、「創元」とか「創元社」と書いてあるのは、大阪の創元社ではなく東京創元社のことであり、「戸川」とあるのは戸川安宣のことである。松野一夫は雑誌『新青年』の表紙絵を毎号描いた人（注7）で、横山隆一はマンガ家で「フクちゃん」の作者だ。

特筆に値するのは命日の記載で、毎年同じように繰り返されており、それが家族や知人のような人間だけでなく、飼っていた動物の命日も驚くほど頻回に出てくるのだ。死亡年は（括弧）内に、昭和を省いた漢数字で記入しておく。誕生年を書いた場合もある。

気象情況や気温（アラビア数字縦書き）が毎日正確に記載されていたが、意味の大きい時点だけとして他は割愛し、他の情報もかなり絞って、だいたい一行以内に入るようにした。

乾信一郎自身については、定期的に体重を測定しており、千代子夫人と同時のことも少なくない。不整脈と狭心症に悩まされた時期であり、医療機関への通院状況や、散髪の日まで記入してあり、体温（アラビア数字縦書き）の測定もかなり多い。時間は日記の雰囲気を伝えるため、AM、PMはそのまま使った。

場所によって、表現や文字は分かりやすいように変更し、重複する記録は割愛した。曜日は月の初めだけ記入した。収入や税金なども記入してあるが、具体的な数字は割愛した。

出版社や書籍・題名等で略記してあるものは、必要に応じて正式な名称を入れたが、推定できる範囲のものは、原文のままとした。題名を略して書かれた単行本がいくつかある。

たとえば「犬ですが」はドビンの『犬ですが、ちょっと一言』、「時計じかけ」はアンソニー・バージェスの『時計じかけのオレンジ』（昭和四十七年）、「レスター」はガードナーの『レスター・リースの新冒険』（昭和五十九年）で、いずれも早川書房から出版されたものだ。

また、「ウォッチ」、「ウォッチング」というのは、執筆進行中の『小さな庭の小さなウォッチング』の略で、単行本での各項は数字だけだが、分かりやすいように〈〇話〉としておいた。

日記中に出て来る動物の名は、おおむねネコと思ってよいだろう。

日記の上に並ぶ日付は「十」を省いたものを用いた。（二十四日→二四日、十日→一〇日）

さて前節では、夏の終る八月下旬の『大橋新太郎伝』まで書いた。九月には頻脈で苦しんだこと、十月には広島（カープ）のセ・リーグ優勝や、日本文藝家協会の維持会費を払ったこと等が述べられている。

それでは晩秋の十一月初めから、日記を簡単に列記しておこう。

昭和六十年の日記抄

一一月一日（金）雨　頻脈　調子悪く、予定のように仕事進まず。夜にネズミ現る。
二日　晴　北西風強　千代子、クリニックへ。木枯らし、ギンナン落ちる。
三日（日）晴　おだやか。「ウオッチ」〈七話〉やり直しにかかる。ザボン色を帯びてきた。
四日　晴　さわやか。「ウオッチ」〈七話〉「都会鳥」下書き完了。小鳥たちにラード。
五日　晴後曇　暖かい。火災保険、期限切れ。現像出来る。〈八話〉下書き。
六日　曇時々雨　千代子、浅草のお酉様へ。「ウオッチ」〈九話〉下書き。ビワの蕾。
七日　雨後曇　18．8～14．9度C　ヒヨドリがヤマゴボウの実を食べる。ガマを見付ける。子ガマ2匹。
八日　晴　長島さん（【天瀬注】テラコッタ作家）に写真送る。ヤゴ見つかる。
九日　晴後曇「ウオッチ」材料しらべ。キク、イチョウの青い葉が落ちる。
一〇日（日）曇時々晴「ウオッチ」清書了。フナの子、小金魚たちともに元気。
一一日　曇後晴　チビコ誕生日（四十九年）元気に。焼付出来。カラスウリ見つける。
一二日　晴「復讐の女神」一六版、「終りなき」一六版、注文していた『アニマ』(注8)届く。
一三日　快晴　17．6～8．3度C　神田へ出る。富山房取壊し中。
一四日　晴、おだやか。「ウオッチ」〈7話〉「都会鳥」清書了。年賀はがき印刷頼む。

一五日　晴　15．7〜7．6度c　昨夜急に悪感、検温37．2度C、薬を飲む。
一六日　晴後曇　このところ頻脈しばしば、要警戒。サザンカ咲き始める。
一七日(日)曇時々晴　南西の強風〈一〇話〉下書き。風でザボンの第1号が落ちる。
一八日　晴　おだやか。16．7〜7．4度C　チビさかりとなる。
一九日　晴「続・フツウのトリ」清書。ウグイスもツグミもまだ姿をみせない。
二〇日　晴時々曇　冷えこむ。成松君たより。頭痛何もできず。ミカン苗を箱へ移す。
二一日　晴　伊坂さんの日(三十八年)「ウオッチ」〈一一話〉「思い出のアリ」。年賀状校正。
二二日　晴後曇　17．0〜8．6度C　〈一二話〉のテーマの資料さがし。
二三日　晴、暖かくなる。サザンカさかり。ケヤキ、イチョウの落葉多くなる。
二四日(日)雨終日　長野の橋詰さんよりリンゴ、クルミ贈られる。日光に雪。
二五日　晴　冷える。神田まで、気分悪く寝込む。イチョウきれいに黄化。
二六日　晴、冷え込み厳しい。13．6〜4．2度C　西氏上京、来訪申し入れ。
二七日　晴、冷えきびしい。ハレー彗星接近。(注9)「法令ニュース」アンケート出す。
二八日　曇後雨　午後　17．4〜5．8度C　このところ安定剤。CATS正月号。
二九日　曇　姉より手紙、神経痛で外出もできないとのこと、散髪。
三〇日　曇後晴、冷え込みきびしい。体調不良。セキセイ2羽とも元気にきている。
一二月一日(日)晴　冷えこむ。頻脈8AM〜9．30AM　近くに新築3軒、騒音。

二日　晴　16．6～4．6度℃　「ウォッチ」〈一一話〉「思い出のアリ」清書了。
三日　晴　駒込病院、10AM、工藤先生。異常なし。病院が混んでいてつかれる。
四日　晴　法令ニュース、〆切。早川へ「ウオッチ」の〈12話〉まで菅原君へ渡す。
五日　晴　おだやか「ニューヨーカー」20版のしらせ。横山隆一に手紙だす。日陰にあるザボンもほとんど黄色くなる。
六日　曇　慈愛園にXmas献金と子供ホームへの寄付。各方面へお歳暮おくる。
七日　雨後曇　9．6～7．5度C　ポチの日（三十八年）サザンカ終わる。
八日（日）雨後曇　「ウオッチ」〈13話〉下書き書く。イチョウほとんど落葉。
九日　晴　冷えこむ、西風強。夜尚孝君より生エビ届く。キジバト、十数羽。
一〇日　晴　あちこちより雪の便り。後藤さんより来信、翻訳引請状を作るとのこと。
一一日　曇後雨　朝の冷えきびしい。8．7～2．3度C　『アニマ』一月号来る。
一二日　晴　西田上京予定。早川（紀子）さんよりデンワ、風邪回復とのこと。薄氷―初氷。
一三日　晴　会議終了後東京へ直行。2時前後拙宅到着、5時羽田発帰熊予定。
一四日　晴　朝起きてやがて頻脈起き、不整脈となり苦しく、夜、昭さんに来診乞う。
一五日（日）終日、胸が苦しく寝ている。（【天瀬注】この日は天候を書いていない。珍しい）
一六日　晴　長戸さん礼状、尚孝さん礼状並びに返信。釘宮さん、大阪書籍来信。慈愛園キフ受取書、不整脈つづく。ミケ、口のあたりが悪いか。
一七日　晴　7．7～0．4度C　夕方小雪、夜雪。チロ予定。キーちゃん来ず。

乾信一郎常用の卓上日記（上塚芳郎所蔵）
（昭和60年と61年）

一八日　晴　冷えきびしい。ミケ、食べず。金魚たべなくなる。ホテイ草しおれる。

一九日　晴　朝、7．15、ミケ死す。窓から見えるナシの木の東わきへ葬る。四十八年四月十四日生、十二年八ヶ月。（来信）戸川さん。セキセイはモンちゃんだけ。

二〇日　晴　今冬は暖かいらしい。予報修正、きびしいと。年賀はがき宛名書き。

二一日　晴　久子さん、成松君来信。年賀はがき書き終わる。

二二日（日）曇夕刻より雨　後藤さんよりランの花。クウェートの石井さんはXmasカード。

二三日　曇　9．9〜2．7度C　久々神田まででる。

二四日　晴　冷えこむ。文芸手帖届く。散髪。ザボン7個落ち、1個とる。

二五日　晴　ヨドバシへフィルム買いに。変わった羽の色ハト、餌台に来ている。

二六日　晴　やえさん手紙、横溝夫人、山崎さんへ礼状。モンちゃんだけ来ている。
二七日　晴　12．6〜3．7度C　由紀さん来る。ノート整理。ヒヨ3羽。
二八日　晴　寒さすこしゆるむ。恵美子さんの日（四十五年）、横溝（正史）さんの日（五十六年）。倉持さんからミケに白いカーネーション、涙す。松かざり、もち出来る。
二九日（日）晴　11．5〜1．4度C　セントバーナードのナナちゃんよりお菓子。西一郎氏より「改定」OK印刷。右肩から背へ神経痛。チロ、人を見て逃げる。
三〇日　晴後曇　ひどく暖か。成松さんから礼状。チロ、つばきに血のようなものあり。
三一日（火）晴　おだやかに暖か。16．0〜8．0度C　ネコ家族、ナナ、チロ、チビ、タマの四つ。今年一月にクロ、十二月にミケを失ってさみしい。

3節　昭和末期の出来事

昭和六十一年一月の日記

翌六十一年の乾信一郎は80歳、傘寿となる年だけれど元気だ。まずは一月の日記を、前節の要領で書き連ねてみよう。

一月一日（水）曇　咳、痰が多く、微熱。今年は「ウォッチング」完成の予定。年賀状追加。

二日　晴　9．9〜4．6度C　チロ食欲がでた。ウグイス今年初めて、ラード食べる。
三日　晴　朝7時頃メジロの声。冷え込みきびしい。0．4度C　チロ、アジを食べる。
四日　晴後曇午後雨　チロは平常通りの生活にもどる。
五日（日）晴　〈一五話〉終りに近づく。ウグイス、書斎窓近くの竹に来て虫をとる。
六日　晴　冷える。頻脈、夕方4時30分と夜8時。モンちゃん元気。ネコたち多勢。
七日　晴　氷はる。宮崎の平野君より電話あいさつ。千代子、クリニック、変りなし。
八日　晴　八重州口のブックセンターまで、収穫なし。
九日　晴　頭痛。千代子、浅草。ウグイス、庭の月桂樹の中。ツグミ、餌台の柿を食べる。
一〇日　晴　西夫人（【天瀬注】九州学院院長夫人）より来信。ツグミ、モクセイの葉陰。
一一日　晴　寒さ厳しい。〈一五話〉の清書にかかる。ツグミもウグイスも見かけない。
一二日（日）晴　クロの一周忌。西さんより河内みかん頂く、礼状出す。ツグミ撮影。
一三日　曇　イーちゃんの日（五十二年）。成松君より手紙と切抜。フィルム現像出来。
一四日　晴　千代子、駒込病院へ。神田まで本探し。チビ、夜キャットフードを食べる。
一五日　晴　おだやか。ラグビー日本一は慶応対トヨタ。シンビジウム咲き始める。
一六日　曇夕方より雨　5，9〜2．5度C　横溝夫人より来信。シンビジウムを切花。
一七日　晴　寒さゆるむ。久子さんより姉が十四日に入院、経過は良い由。千代子は牛込。
一八日　曇　〈一六話〉の下書きが出来上がる。
一九日（日）晴　茂さん夫妻と一総君来る。キジバト二〇羽、スズメ一一〇羽（妻計算）。

二〇日　曇　一七話の下書き進まず。クエートの石井さんより来信。ドバトが来る。
二一日　曇　冷え込む　風邪をひたらしく頭痛、咳。一一時AM、ウグイス撮影。
二二日　晴　昨夜小雪　風邪気味。NHKテレビ六時三〇分のニュースでザボンのこと。
二三日　晴　冷える。戸川氏が横溝正史全集を持参。不整脈発作あり、薬を飲んで寝る。
二四日　晴後曇　6．5〜0．4度C　クロの日（四十二年）。成松君より菓子と切抜。
二五日　晴　ミケの日（四十七年）成松君へ返信。午前中頻脈。NHKの調査票に辺出す。
二六日（日）晴　朝起きるとき、ヘルニア激痛。片頭痛もあり。熊本美術館デンワあり。
二七日　晴　頭痛軽減、背中が痛む、咳、痰、微熱。メジロ、ウグイスの撮影終了。
二八日　晴　千代子、病院、異常なし。午後、熱っぽい。〈一六話〉の清書にかかる。
二九日　晴後曇〈一六話〉清書、菅野さんへ進行報告の手紙。米スペースシャトル爆発。
三〇日　曇　姉へ様子伺い状。午後になると悪寒。手足の冷え。鳥たちはみな無事。
三一日　曇　寒さやわらぐ。畑岡氏(注10)より電話あり。

昭和六十一年のことども

毎日の記述が続いたのでは退屈するから、毎月くらいのテンポで書いてみよう。

二月一日（土）に、直木賞作家で熊本文学館長の光岡明氏から年譜を求められる。九日は東京国際マラソンをテレビで見る。十日は、心臓不整が続くので、夕刻、昭さんが来て処置。十三日は寒さがゆるんだが、右目に二重視あり。二十七日、税申告書提出。

三月一日（日）晴、スエーデン首相、暗殺される。三日、文芸家協会へ墓申込の電話。四日に「文学者之墓」の申込書を出し、五日朝、経費を送る。九日、死後のために私事の整理。十八日、左胸部に刺すような痛み。二十日、『電波新聞』のエッセイを書き、久子さんより姉の様子を聞く。二十七日、ロクちゃん二世の日、姉に見舞いを送る。三十一日、（国民健康）保険証を返す（年度末変更のため）。

四月一日（火）は肌寒かった。右鼻腔から出血。六日、ミーの日（五十九年）。七日、父の命日（十七年）。十一日、昭さんが貸してくれた『心臓病生かすも殺すも医者次第』を読んで仕組みが分かる。十七日、（上塚）尚孝さんより「文学碑を建てたい」との申し入れあり。十九日、Qちゃんの日（四十七年）九官鳥。二十五日はトニー二世（四十七年）とアカ（五十三年）の日。二十六日、朝日新聞サービス・センターに、先日問い合わせた「炉辺談話」のコピーを取りに行く。三十日、尚孝さんより文学碑の具体的な構想を知らせてくる。「感激なり」と。

五月の仕事は、年金の現況届からだ。五日（月）の「子どもの日」は、唐招提寺のうちわ絵を描く。十日、ボン二世の日（四十一年）、赤見の上塚カツミさん（尚孝氏の伯母）逝去。香料を送る。十四日はカメ三郎の日（五十一年）。二十一日午後、一時半に光岡氏、六時に畑岡氏来宅あり。二十二日、ヤマケイ(注11)の佐藤さんが『ねこの国』を発刊するのでエッセーの依頼。二十八日、尚孝氏より碑の石や碑文の相談あり、すべて一任。二十九日、姉の誕生日。

六月一日（日）晴、ヤマボウシの花咲く。三日、森下時男氏(注12)より雨村さんの『釣りは天国』贈られる。八日、八重さん（ときどき来るお手伝いさん）に昭和二十二年以降の手紙を物置から出して貰い、九日にかけて整理。十三日は畑岡氏より『敬天』増刷OKの電話あり。十四日に光文社『宝石』より電話取材。十九日、タマの誕生日（五十年）。二十一日、西丸震哉の[注13]『動物紳士録』に感銘する。二十四日十一時五十三分頃、震度4の地震。二十八日には平岩米吉氏[注14]の死去を知り、弔電を打つ。その後、『動物文学』へ平岩氏の追悼文を書く。

ここからは、もっとピッチを上げよう。

七月二十日（日）には夜八時半から九時にかけて、火星が月によって隠される火星食だ。二十二日には尚孝さんの次男・壽朗《としろう》君（17歳）、原公昭氏（尚孝の兄）の長男正倫《まさとも》君（22歳）、次男・明倫《あきとも》君（21歳）の来訪があった。

八月には『地下鉄サム』（東京創元社）が二十五版でロングセラー。五日（火）、尚孝さんへ文学碑のため毛筆の署名を送る。三十一日にロアルド・ダールの短編集（原書）を受け取る。一四編中一〇編を訳すこと。月末は心臓の調子悪く、駒込病院救急へ駆け込み、そのまま入院。

九月は「敬老の日」に文教区春日一丁目の区役所から金一封が届いた。二十四日（水）は九時五十分に駒込病院に行き、宗像《むなかた》先生の診察を受け、ホルター型二四時間連続心電計を翌日の正午まで着けることになった。その結果、症状がない時でも小さな不整脈発作が時々起っていることが判明。緑と黄色のカプセル（抗不整脈剤）を食直後に飲むことになる。[注15]

十月に入ると、野球はセ・リーグでは広島が優勝した。十八日（土）の日本シリーズ[注16]第一戦広島対西鉄は2対2。十九日の第二戦は、2対1で広島の勝ち。二十七日には昭さんが東京女子医大に入院したとの電話あり。あそこなら芳郎君が勤務しているから気丈夫だ。三十一日は、昭和二十三年に当地へ来てから足掛け三十九年になる。そしてこの日、長い月日をかけた『小さな庭の小さなウォッチング』が早川書房から刊行された。

十一月二十四日（月）にＮＨＫラジオが十一時三十分から五十分まで「ウォッチング」の放送をした。ラジオ東京は一回二十分で、十一月二十四日から十二月六日まで十二回放送した。

本の内容については、平成になってから文庫版が出るので、そのときにご報告しよう。

早川書房からは、ガードナーの『レスター・リースの新冒険』と、ポーターの『逆襲』の重版が出版された。

『小さな庭の小さなウォッチング』（早川書房）は、文庫版が出たときに紹介させて頂こう。

文学碑と周辺事項

熊本市の南方、下益城郡城南町赤見《あかみ》の上塚尚孝邸のすぐ横に、同氏の尽力によって「乾信一郎文学碑」が建立され除幕式が挙行されたのは、昭和六十二年四月二十九日だった。

ずっと昔なら天長節と称されていた天皇誕生日で、のちには「昭和の日」と呼ばれるようになった春の佳日であり、晴の日が多いと当地の人々は言う。

当日は文化関係の名士を主体に、日記にも名前の出てくる先述の人々が列席した。石碑全体の体積は平均的な大きさを遥かに超えたものであり、例の『敬天寮の君子たち』の一節が彫り込んである。

筆者と乾信一郎文学碑

母親に伴われて、下田彦一は、春山紅吉の庭の隅に祀つてある水神様の祠に恭々しくお詣りをしたのだけれど、痒いのも赤く腫れたのも、少しも何ともなりはしなかつた。不思議なことには同じに泳いだ紅吉が、別に何ともない事である。水神様のたゝりにしては、甚だ不公平と言わねばなるまい。乾信一郎　傘寿

それは許可なしでも見られるように外庭に建立されており、道路脇には分かり易いように、《文芸人乾信一郎先生文学碑》と記した石柱が建っている。

この「文芸人」という言葉は興味深い。普通は「演劇・人」というように、「人」の職業・性向を規定する言葉が上に来るが、もしかしたら「旅・芸人」式に、「芸人」の種類・専門を規定する言葉が上に付くのかもしれな

い。「文芸の人」ではなくて、「文の芸人」なのだろうか。
また近くには、碑文中に出てくる水神様とか、乾信一郎所縁《ゆかり》のものがあり、貴重な存在感を呈している。(注17)
これに関連して『敬天寮の君子たち』の文学碑記念版(前掲注10)も刊行された。
その「あとがき」で乾信一郎は、次のように述べている。

文学碑などという大へんなものを建てていただくほどのことは何もしていないことは、私自身が一番よく知っている。(中略)多くの物を書いてきていることだけは確かである。つまり、長生きが評価されたのかもしれない。

こうした気持ちは、周囲にも和やかな雰囲気を伝えるようだが、あの小説は、いろんな反響を呼びながら読まれているようだ。米沢京子は「文学碑から聞こえる言葉」(注18)の中で、

現代の母親は、とかく過保護・過干渉になりすぎ、子供の自立心が阻害され、すべての面において、自信と自覚が少ないように思えます。それにひきかえ、この敬天寮に生活している「君子たち」の、何と逞しく、輝いて見えたことでしょう。

と述べている。このユーモラスで硬派的な青春文学には、現代が失った貴重なものがあるので

はなかろうか。

昭和六十二年の主な翻訳出版物はポーターの『撲殺』（早川書房）がある。訃報としては上塚芳郎の父・昭が昭和六十二年に他界している。

六十三年の新春には、一月五日から三月三十日まで、熊本近代文学館において「乾信一郎展」が開かれている。また、日記の中でも触れていた幽霊譚が『ロアルド・ダールの幽霊物語』（早川書房）として出版された。

他方、雑誌『新青年』に首ったけになっていた好事家が『新青年読本全一巻』（一九八八年二月、前掲書）という本を出した。乾信一郎はこれに「死んでも話ができる男の話」なる一文を書いた。ここでは自分のことを翻訳家兼雑文屋兼ユーモア小説屋と称している。作家としての信条の中心は、ユーモアだったのだろう。

その昭和六十三年、82歳になった乾信一郎は大きな仕事に取り掛かろうとしていた。その構想を書き留めたノートには、「ひとりぼっち」という題が付けられていた。

【注】

1　山中襄太『方言俗語語源辞典』校倉書房、一九七〇年四月。

2　石匠館のパンフレットには、氏がスケッチされた各地の石橋二十余点が載っている。

3　緒方惇「熊本の文学〈一〇三〉乾信一郎氏」（『熊本日日新聞』昭和五十九年一月二十四日付）には「独自のユーモア小説　醸し出す柔らかな感受性」と副題が付けてある。

4　マイクル・クライトンはマイケル・クライトンとした本もあるが、もちろん同一人だ。早川浩社長の親友で、SF読者なら『アンドロメダ病原体』や『ターミナル・マン』でお馴染みだろう。彼は平成九年（一九九七）六月に来日している。

5　この著者は、スコットランド系でサンフランシスコに住む婦人記者。だがこれは、犬が書いた犬の日誌のような本なのである。

6　この『大橋新太郎伝』（博文館新社、昭和六〇年八月）を筆者に届けて下さったのは、元・講談社の社員で、「『新青年』研究会」の会員だった大山敏氏である。

7　松野一夫（一八九五〜一九七二）は、『新青年』の顔と呼ばれた挿絵画家。『銀の鈴』にも描いている。

8　月刊『アニマ』（ANIMA、平凡社）は、昭和四十八年に創刊された平成五年に休刊した、野生動物を扱った専門誌。初めは会員制だったが、のちには店頭販売もした。

9　乾信一郎がハレー協会に入会したのは昭和六十年二月一日、若い頃の天文趣味が続いていることを示すエピソードだろう。

10　昭和六十一年一月三十一日の日記に出てくる畑岡氏は、九州学院で乾（上塚）の後輩であり、出版関係の仕事をしていた故もあって、記念出版の際の労をとった。

11　ヤマケイは「山と溪谷社」のこと。山岳雑誌、アウトドア、旅、自然などに関する出版。山渓文庫、山渓カラーガイド、動物もの、などを刊行してきた。

12 森下時男は森下雨村の次男。雨村の『釣りは天国』（土佐出版社、昭和六十一年）は『猿猴川に死す』（関西の釣り社、昭和四十四年）とともに、釣り文学の白眉とされている。

13 西丸震哉（一九二三～二〇一二）は農林水産省の異色官僚で、アマゾン熱帯雨林の踏破など秘境・超能力に興味を示した。母方の祖父が島崎藤村、兄の西丸四方、島崎俊樹はともに著名な精神科医。

14 平岩米吉（一八九八～一九八六）は動物学者で作家、『動物文学』を主宰。特に犬と猫の生態に詳しかった。

15 結局、平成四年に心臓人工ペースメーカーの植え込み手術を受けることになる。

16 戦前のオールスター戦は東西表示をしていたが、戦後はセ・リーグ対パ・リーグである。日記のメモ書きから見ると、乾のEはセを、Wはパを指しているようだ。

17 天瀬裕康「乾信一郎の足跡を求めて」（『時空外彷徨』第二〇号、二〇〇六年一二月）。『時空外彷徨』は天瀬の個人誌で、一八～二一号に乾信一郎関係が載っている。文学碑を訪れたのは、平成十八年十一月十一日（土）であった。

18 米沢京子「文学碑から聞こえる言葉」（『彩』第一輯、昭和六十三年五月）。

第七章　また改元して平成に

1節　ここらで総まとめ

ネコ好きとイヌ自身？

やけに長かった昭和が平成になったとき、乾信一郎は、もう83歳になっていた。それでもこの年、彼のエッセイも入れた本『猫のエッセイ珠玉の三五選』(注1)が刊行され、彼の作品は二編が収録されている。最初の「返りネコ」は、こうだ。

――終戦間もない復員直後、焼け残った町工場の二階に住んでいた乾夫妻のところへ一匹のミケネコがやって来た。そのうちにこのミーヤが二匹の子ネコを生み、その噂を聞いた理髪店の親方が貰いに来た。家中がネコ好きだということなので差し上げたが、どうも気になる。ある日とうとう早目ながら散髪に行くと、子ネコたちはご馳走を出しても食べてくれないので困っていた。それで連れて帰り、以後、誰にも子ネコは差し上げない……。

もう一つの「六十六年前のネコ」は、信一郎（貞雄）の好きな黒いしまのトラネコの話。

――六十六年前、つまり七歳のとき、彼は一匹のネコをタカラモノのように大事にしていた。だが母親は、ネコは不潔だと言って嫌う。ある日、貞雄少年が行方不明になり、イチゴ畑で見つけると、あのネコを抱いて眠っていた。ところが日本の小学校へ入るため、このタカラモノと別れることになった。成人して母親と再会したとき聞いたところでは、黒いトラじまのネコだったという。シアトル郊外であの猫の子孫はどうなっているだろうかと考え、《私の精神年齢は七十三歳ではなくて、いまだに七歳であるらしい。(傍点筆者)》と結んでいる。

このエッセイは、昭和五十五年刊行の『おかしなネコの物語』(早川書房)から転載されたから当時は73歳だが、このアンソロジーが出た平成元年(一九八九)でいえば83歳だ。

さらに平成二年には、フットワーク出版からアンソロジー『たまたま・猫』(注2)が刊行され、また先述の「返りネコ」が収録されている。

ネコのアンソロジーが出るということは、ネコ好きが多いということだが、日本には化け猫がいるし、エドガー・アラン・ポーの『黒猫』以来、殺人事件との関係も濃厚だ。

ヘンリイ・スレッサーの「猫泥棒」(注3)は、『快盗ルビイ・マーチンスン』第6話である。マチルダという女子名のネコが、じつは雄ネコだったための珍事件である。

SFのほうでも、猫好きなハインラインが猫好きな男と牡猫ピートを登場させた『夏への扉』など、ネコ好きの作品は少なくない。例の『時計じかけのオレンジ』にもネコが出てくる。

第五章で触れたラングの世界童話集は、ふたたび東京創元社から話を選びなおし、『アンドルー・ラング世界童話集』(全十二巻)(注4)として出版された。これにはネコの話が五ヶ所に出ており、他の動物を大きく引き離している。

猫や犬に関する乾信一郎の著書、及び作品収録アンソロジー

ネコ派の総元締めは、没後に熊本近代文学館で開かれた「乾信一郎　猫と青春 展」かもしれないが、イヌのためには放送劇のコロや、ジョージを思い出して頂きたい。

チェコのカレル・チャペック（一八九〇〜一九三八）はSFの『ロボット』や『山椒魚戦争』の他に、『チャペックの犬と猫のお話』（注5）のようなユーモアに満ちた動物エッセイも書いている。一九三八年にノーベル文学賞候補になったが、その直後に48歳で病没したのは惜しい。

乾信一郎のネコやイヌの話には愛情が溢れており、乾信一郎が訳したイヌお話となると、ドビンの『犬ですが、ちょっと一言』になるだろう。

間羊太郎は『ミステリ博物館』（注6）の中で、猫も犬も等しく俎板《まないた》に乗せて詳述しているが、乾信一郎の場合はどうも、ネコとイヌ

では扱いが違うのではなかろうか⁉

結論は先に延ばすとして、この頃、信一郎は東京の自宅書斎で、熊本日日新聞社の取材(注7)に応じている。それは平成三年二月三日（日）の第九面ほとんどを使い、〈人物に見る熊本の青春〉として報じられ、〈「移民の子」ふるさと独り〉〈寮で学んだ自立の精神〉と副題が付いている。

記事はネコの話から始まり、写真に見られるようなネコの本について語られ、九州学院を経て、上京するまでの青春が語られているのだ。略年譜では雑誌『新青年』のことから戦後の放送劇までが記されている。

評伝的に見れば、『新青年』の編集をしていた頃の比重が、もっとも大きいだろう。

それでは一度、戦前の舞台までフラッシュ・バックしておきたい。

『「新青年」の頃』という本

乾信一郎は『ミステリマガジン』の平成一年一月号、つまり昭和が平成に変わった頃から、翌二年（一九九〇）四月号まで、「『新青年』の頃」というエッセイを連載した。

それは昭和五年から十三年頃の、乾信一郎の回顧録であり、雑誌『新青年』の部分的ながらも貴重な歴史であって、平成三年十一月に早川書房から単行本として出版された。

この本は次のように十五の章から成っている。これまでにも引用したところもあるが、改めて全体を眺めておこう。

一の章　その前に――おしまい人間のこと
ここではグレ学生時代の上塚貞雄について、英語主任の教授が「ああなっては、もうおしまいだね」と言ったことが序文的に記されている。ダイヘン（代理返事）、エスケープ（教室からの遁走）など、まともでなかった頃の告白である。
二の章　これが編集部？
ここでは横溝正史や水谷準などの先輩のことや、「阿呆宮」、「一千一夜譚」などのコラムを任されたことが語られる。
三の章　こうして私は編集部員になった
この章では先輩部員で探偵小説作家でもある荒木猛や、才能を惜しまれつつ事故で夭折した渡辺温のことや、当時の世相のこと等が述べられている。ルンペン（「浮浪者」を意味するドイツ語）という言葉が流行り、中国大陸への侵攻が本格化しだした頃のことだ。
四の章　編集小僧一年生
国語辞典によれば、「編集とは、諸種の材料を集め、書物・雑誌・新聞の形にまとめる仕事」だという。具体的には割り付け（レイアウト）を考え、キャプションを付ける。キャプションのことを、当時は「ネーム」と呼んでいた。
五の章　「マンガマン」
当時、まだ近代的なマンガがなかった時代、乾は横山隆一たちを見付ける。彼らは「新漫画派集団」を結成し、『新青年』を経由しながら発展してゆく。横山隆一は『朝日新聞』に「フクちゃん」を連載し、近藤日出造は『読売新聞』に政治風刺漫画を、杉浦幸雄は『主婦之友』などに女性向の漫画を描いた。
六の章　翻訳ものがたり
昔は苦労が多かった、というお話。翻訳者の名は挿絵画家と一緒に、末尾へ括弧内に入れられるのが普通で、余白が無いときは、あっさり省略されたものだという。翻訳家の名はたくさん出てくるが、ノブケンこと延原謙のブラック・ユーモアの件などが面白い。
七の章　影の人たち
題字の僅かな変化をつけるのはレタリングの係で、当時は「書き文字」係と言っていたが、その名が出ることはなかった。別の面での影の人としては、いろいろな資料調べの役目がある。それを頼んだのが村山有一と左右田道夫（黒沼健）で、「縮刷図書館」は題名が少し硬いので、「ひまなき人にさゝぐるの頁」という長ったらしいルビをふった。
八の章　「武州公秘話」の秘話
谷崎潤一郎邸へ原稿を取りに行った渡辺温が事故死したことは、すでに述べたし、文芸界の一部ではかなり有名だが、それで『新青年』のために潤一郎が書いた「武州公秘話」(注8)の原稿を、今度は乾信一郎が取りに行く話。
九の章　「新青年」のスタイル
結婚した乾信一郎が青山の高樹町に新居を構えた頃、博文館は日本橋本町の新築社屋のビルに移っていたが、荒木猛は家庭の事情で退社し、新人の長井（外国語学校ドイツ語科卒）が入ってきた。水谷編集長は仏文の出だから、三人でなんとかこなせる状態だった。
十の章　変る人・変った人
一番大きな変化は、戦前の無口な乱歩が戦後ただちに社交的になったこと、次いでジョウマサと呼ばれた詩人の城昌幸が和服から洋服に変化したこと、同じ変化は映画雑誌の編集者だった松下富士夫にも起こったことなどだ。松下はシャレ作りの名人でもあり、橘外男《たちばなそとお》を「キチガイオトコ」、久生十蘭《ひさおじゅうらん》を「食うとらん」とも読める、というのである。
十一の章　横溝さんのこと
横溝正史との深い繋がりについては、第二章や第三章などでも書いたから大部分は割愛するが、海軍でのゲリラ訓練の無理がたたって肺浸潤で寝込んだとき、病気の先輩でもある横溝正史と海野十三から指示を貰った話などが出てくる。
十二の章　“GO FOR BROKE”
“Go for broke”という俗語は、「当って砕けろ」くらいの意味らしいが、モダンが売り物の『新青年』から古い型の大衆娯楽雑誌『講談雑誌』の編集長にされたときには、まさに「当って砕けろ」の気持ちだった。
エロものだった『講談雑誌』を家庭用にするため、表紙を家庭的な絵に変え、キャッチ・フレーズも大人しく「読物は講談雑誌」にして、『講談雑誌』の再生は成功したのだった。
十三の章　一年十八か月《ママ》
雑誌を一年間毎月発行すれば十二冊だが、『新青年』は十八冊出した年が何年かあった。春秋の増大号に増刊号、特定のテーマを追った増刊号――博文館には『野球界』という月刊の野球専門誌があったのに、野球記事だけの「野球増刊号」を二度出した年があるから驚きだ。

十四の章　レイアウト

雑誌とは、「雑多な事柄を書いた書物」と定義されている。この中に文字や罫《けい》や写真やイラストなどが混在しているのだから、ゴチャゴチャする。それを整理するのが割り付け（レイアウト）だ。挿絵のイラストは問題ないが、キャッチフレーズを「おいのり」と称していた。広告文案は「コピー」と片仮名になる。文章に対する基準は、小説は九ポ二段組または通し組、エッセイ・雑文は八ポか六号活字の三段組、コラムは六号活字の四段組だった。

十五の章　左様《さよう》ならば……これでお別れしましょう

アメリカで成功した俳優・上山草人のエピソードや、小栗虫太郎の雷恐怖症の話のあと、博文館退社の件が述べられる。ここは第二章で出て来たので割愛するが、終りに「さよなら」の語源を辞典に従って、《左様ならば……これでお別れしましょう》と書いている。

その「あとがき」において、持病の心臓発作のため予定が遅れたこと、解説を書いた長谷部史《ふみ》親《ちか》（注9）への謝辞などが続いている。

評論家の長谷部は、この「解説」の中で、『新青年』の翻訳小説はバラエティに富み、《ユーモア小説はもちろん動物小説、山岳小説、都会小説などきわめて多彩である。》とし、《現在ではミステリ専門とは考えられない作家のものも少なくない。》と述べている。

乾信一郎自身、多くの探偵小説を訳してはいるが、発端はユーモア小説だった。

まあ、それにしても、この「あとがき」は平成三年（一九九一）八月二十二日に書いており、85歳のときだから立派なものだ。

人去り人来たり

ラサール神父は平成元年（一九八九）の正月明けにドイツへ渡り、翌年の七夕《たなばた》の頃、ドイツのミュンスターで昇天したという。

彼は叔父の司から、神父の為人《ひととなり》については聞いていたので、その死を悼んだ。

彼自身は、日本文芸家協会の墓地公園に墓碑を買ったし、熊本に在る曹洞宗の、先祖代々の墓にも分骨する手はずを整えていた。


昭和末から平成の初め頃の出来事としては、瑩光《えいこう》保育園のこともある。

昭和三十年代の初め頃、乾信一郎は「瑩光保育園のうた」という作詞をしたことがある。瑩光保育園の創立者である村本勇氏が旧制中学（九州学院）の同級生で、「保育園を始めたから園歌を作ってくれ」と頼まれたのである。

この「瑩光保育園のうた」は猪本耀子氏により作曲され、歌詞は水苑・今井きさえ氏の揮毫された書が写真に撮られ、昭和六十三年十月に挙行された三十周年記念を飾った。その後、平成二年に園舎の改築工事があり、その竣工を待って発行された平成三年の園誌（注10）に、乾信一郎の「園歌裏ばなし」も加えて掲載された。歌詞は次のとおりである。

一　みんなで　手をとろう
　手をとろう
　よいもの　よいこと
　まもるため

二　みんなで　手をあわそう
　手をあわそう
　うつくしいことを
　そだてるため

三　みんなで　手をつなごう
　手をつなごう
　ほんとうのことを
　まもるため

　えいこう　えいこう
　えいこう　ほいくえん
　ほいくえん

その際、乾信一郎の肩書は「児童文学作家」となっていた。ユーモア小説作家とか動物小説作家という肩書で紹介されることは多かったが、児童文学作家は珍しかった。しかしまあ、広島図書の諸誌などに少年少女ものを書いていた昭和二十年代後半のことを想えば、まんざら無縁でもないだろう。

ところで、『「新青年」の頃』を単行本として出版したあとにも、まだ仕事があった。

その中の大きなものは、「『新青年』研究会」からの取材申し込みだった。その会については乾信一郎にも記憶があった。第六章で述べられているように、同会は昭和六十三年に『新青年読本全一巻』（前掲書）を刊行しており、それには乾も小文を載せている。

それに取材の目的が『叢書新青年　聞書抄』（以下、『聞書抄』と略す）を作ることにあり、雑誌『新青年』に所縁の深い本人ないし著作権継承者からの聞書きをしようというものだ。連絡を取ってきたのは、前述の「『新青年』研究会」の機関誌『『新青年』趣味』の編集者・湯浅篤志だった。

だから可能なら取材に応じたかったのだが、あいにく体調がきわめて悪かった。インタビューには相当な疲労を伴うから、結果としては断ることになった。そのかわりに、『ミステリ・マガジン』に連載した「『新青年』の頃」を読んで、要点を短文に纏められたらいかがか——との返事（平成三年三月五日付）を出したのである。

そこで湯浅は、「インタビューが無理なら、質問に手紙でお答えくださるだけの形式で構わないからお願いできないか」と書き、箇条書きの質問と一緒に送ったのだ。

十日後に出した乾信一郎の返答は、またもや「ノー」だった。あのあと三月十三日に心臓発作が起こり、自宅で安静療養中だったのである。『ミステリマガジン』に連載した「『新青年』の頃」を早川書房で単行本化する話が出ているのだが、これも遅れ気味でイライラしており、回答もすぐには書けない、六月までは出来ないかもしれない、という内容で、最期に「勘弁してください」と書き添えてあった。

これを読んだ湯浅は、一緒に仕事を進めていた大山敏と相談し、二人で乾邸へ見舞いに行く。奥さんに玄関で挨拶しただけだったが、これから意志の疎通が生じ、四月半ば過ぎからの手紙によって、見通しがついたのである。単行本の『「新青年」の頃』は、予定どおりに出版されたし、湯浅らの『聞書抄』も順調に進みだした。

以来、翌四年の一月まで何度も手紙の往復が繰り返され、両者の了解のもとにインタビュー風に纏め直し、「乾信一郎さんに訊く、翻訳家・作家・編集者」として結実した。(注11) 叢書の『聞書抄』が出版されたのは、平成五年（一九九三）六月だった。

乾信一郎から湯浅篤志に宛てた手紙には、《ヒビの入った薄いガラス器みたいな身体をいたわりながら》といった表現もあり、心臓ペースメーカー植え込み前後の信一郎は、死と隣り合わせの意識があったようだ。

彼の脳裡には多くの死亡情報が錯綜していた。平成に入ってからだけでも、元年（一九八九）には手塚治虫が二月九日に死亡したのをはじめとし、多くの文芸人が他界している。

信一郎はしばしば落ち込みかけた。だが彼には、やらねばならないことが残っていた。ユーモアを忘れてはならない……。

2節　自然を観て宇宙を感じ

『小さな庭のウォッチング』

平成八年（一九九六）四月、『小さな庭の小さなウォッチング』が再刊された。

初版のハードカバー本に対し、今回はハヤカワ・ノンフィクション文庫で、文庫版となるに際し、題名が『小さな庭のウォッチング』と少し短くなった。それから31章の「降って来た鳥」が「天から落ちてきた鳥」になっており、33節「定宿」のあとに「その後の小さな庭」が加えられている。

さらに言えば、『小さな庭の小さなウォッチング』のときの「あとがき」のあとに、「あとがきのあとがき」があって、そこに幼年期のことが書き連ねてあるのだ。このとき乾信一郎は89歳、病気がちとはいえ矍鑠《かくしゃく》たる文士魂が感じられるではないか。

それではハヤカワ・ノンフィクション文庫を底本にして、概略をお伝えしよう。

〈春〉

1　ウグイス異変

家を建て替えるとき、以前の家にあった木や竹藪も持ってきて植えたら、竹藪にウグイスがついて来た。「竹にウグイス」とは妙だ。ここからウォッチングが始まったという話。

2　カエル帰る歌
ウグイスが山へ帰る頃、ガマが現われる。正式名はヒキガエルだ。我が家の小さな池で生まれたガマが、雨の日に待っている。帰って来るからカエルだという節を信じている。

3　地上地下の話
まえの家にいた昭和三十五年頃までは、我が家でモグラを見たことがある。ウグイスもガマもついて来たから、モグラも引っ越しさせたかったが、これはダメだった。

4　旅は風に乗って
ウグイスより少し遅れて、シベリアからやって来るのがツグミ。帰りは春の風に乗っての長距離旅行だから、はい・オクタン燃料になるラードや、ビタミン豊富な柿を食べさそう。

5　庭の水の話
春を感じさせるのは、ハエトリグモと池の金魚だ。我が家の池は深さを二段にしてあり、井戸水を使う。ネコも池の水を飲む。金魚を狙っているという人もいるが、さてどうだか……。

6　お化けの木
竹垣わきに突然生まれて伸び出した奇妙な木がある、正体不明だったが、十四年目にイイギリだと分かった。ツグミがイイギリの実を食べて、種子を排泄していったのだろう。

7　「都会鳥」
森林開発で山に住めなくなったキジバトやヒヨドリが都会に住みだしたのを「都会鳥」と言うらしい。我が家には、ヒヨドリが昭和四十年、キジバトが四十四年に顔を見せた。

8　カラスに脱帽

昭和五十七年から、カラスが庭へ来るようになった。しばらくは近いところで状況を観察し、小鳥たちに用意した餌を浚って行くのだ。いつもこちらが後手に回るのである。

9　フツウのトリ

誰でも知っている普通の鳥はスズメだろう。だが経済の高度成長期に、茶色いスズメが煤けて黒っぽくなったことがある。もとの色に戻りだしたのは、公害が叫ばれだしてからだった。

10　続・フツウのトリ

スズメは群れを作っている。結婚シーズンの春になると、大きな群は解消し、家族単位の小集団になる。子スズメが餌台から餌を取って食べるようになると、親は去ってゆく。

〈夏〉

11　思い出のアリ

黒い小さなアリが、大きな獲物を運ぶ仕草を観察したもので、類似の話は他の場所にも出て来る。イジメラレっ子だった頃の思い出に繋がるものだ。ジーンとくる。

12　謎のドゼウ

我が庭の池にもドゼウ（現代ふうならドジョウ）がいた。漢字では泥鰌だ。家を建てた昭和三十五年頃、大工さんが池に放したのが始まりで、その子孫だが何代目かは分からない。

（【天瀬注】このあとコーヒー・ブレイク（1）が入り、一七のあとに（2）、二二のあとに（3）があって、バードウォッチングに関する軽妙な話が展開されるが、ここでは割愛しておく）

13　ガマ党宣言
嫌われ者といえば、ガマ、カマキリ、クモとなるようだ、いずれも夏が主体の生物で、ガマは醜怪鈍重とされるが、意外と俊足だし、子ガマは可愛い。ここに宣言する。
14　早合点ウォッチング
嫌われ者第二号のクモは、芸術的な網を作る。公害の盛んな昭和四十年代に減ったが、また増えてきた。我が家のクモはナガコガネグモだと思っていたら、ジョロウグモだった。
15　ザボン讃歌
小学校四年の頃、熊本の隣の家にザボンの木があった。その思い出の木が都心の私の庭にもある。花が咲いたのは昭和四十七年の初夏、実を見付けたのは四十九年八月四日である。
16　手も目も届かないウォッチング――ハチの話（1）
昔は都心でも庭があればハチがいた。子どもがハチの巣をいたずらして刺されることは、よくあった。追っかけられたら急に伏せたらいい。ハチには直進性があるからだ。
17　手も目も届かないウォッチング――ハチの話（2）
ハチの巣は、よく見かける六角形のタイプだけではない。地中に作るのや泥の徳利を作るのもある、それとは別に、信一郎の内宇宙に関わる文章があるので、別の場所で披露しよう。

〈秋〉
18　小さな庭の平和（1）
庭の鳥たちを強弱順に並べると、ハシブトガラス、ヒヨドリ、ツグミ、キジバト、スズメ、あとは六位にシジュウカラ、ウグイス、メジロが並ぶ。ハト以外は大きさの順だった。

19 小さな庭の平和（2）

午前六時半に起きて餌台に餌を置くのだが、スズメは警戒心が強く、人間不信党だ。アメリカ（シアトル）のスズメは、人間が近付いても逃げなかった。学名は同じなのに。

20 雑草物語

雑草が少なくなってきた。ところが昭和四十四年八月二十二日、三センチほどの竹の葉っぱのようなものが地面に突き立っている。大切にしていたら大きなシュロになった。

21 イノチって何だ？

妻から聞かされた話——子犬を苛めている子供たちがいたので注意すると、「遊んでいるんだ」と言う。「どうして可哀そうなのか」と訊き返す。イノチというものが分かっていない。

22 たまには外へ出てみよう

東京にはスズカケノキの街路樹が多く、セミがよくとまっているが、木を見上げる者はいないし鳴声を聴こうともしない。だからセミは安心して、その木にとまるのだろうか。

23 赤と青と銀色と黒のウォッチング（1）

赤いサワガニ、青いカワセミと銀色の巣の話で夏のはずだが、記憶では秋の感じだ。小学校一年生のイジメラレっ子は。小さな女の子から「いいものを見せてやろう」と言われた。

24 赤と青と銀色と黒のウォッチング（2）

翌日、少年は小さな女の子に連れられて林に入り、三十センチほどの小さな水溜りの中に、黒いトカゲのような生き物を見た。腹は赤い。美しいイモリだった。

25　草々のこと

春の七草が食べられるのに反し、秋の七草は見るだけだが、目立つ色の花はない。現代版というか吉祥草《キチジョウソウ》なら庭の隅に生えているが、めったに花が咲かないのが特徴なのだ。

〈冬〉

26　好《す》木、木らい

人が嫌うのは。毛が多いもの、まったくないもの、足がやたらと多いものだそうだ。鳥は月桂樹とサンショウの木が嫌いらしい。好きなのはケヤキとイチョウである。

27　哀調

喜怒哀楽は鳥たちにもあるらしい。メジロの夫婦は仲良しで、揃って餌台に食べに来る。ところが二月のある日、メスがネコに襲われて死んだ。オスはその場で啼き続けていた。

28　珍客来（1）

十何年もまえ、庭の竹藪で聞き慣れぬ鳥の声がしたので録音して友人に聴かせたら、オオヨシキリだという。小さな体に似合わぬ大声で、行々子《ぎょうぎょうし》（注12）という名もあるそうだ。

29　珍客来（2）

ノゴマという鳥が現われたときは驚いた。ノドから血を出しているると思ったのだ。タンチョウやアカゲラの頭の赤、アカショウビンの嘴の赤とともに忘れられない色である。

30　珍客来（3）

ウォッチングの舞台となった乾邸の庭（上塚芳郎所蔵）

二度来た珍客の第一号は、昭和五十四年一月二十七日だった。キジバトより少し小さく白っぽい。図鑑を見るとシラコバトだ。第二号は夏だが滞在期間は同じくらいだった。

31　天から落ちてきた鳥

九官鳥の子どもが庭に落ちていた。飼い主が分からないので我が家の一員となり、キューちゃんと名づけられた。ヒトの言葉はよく真似る。平成七年二月六日、16歳半で天へ帰った。

32　食べもの、食べ方

ヒトは雑食だが、たいていの生きものは偏食する。一般に小鳥は穀類で果物も食べるが、シジュウカラは虫好きだ。強引な食べ方、優しい食べ方、いろいろなマナーがある。

33　定宿

だいぶ以前、庭の木に巣箱を取り付けたが使ってくれない。ネコのせいかと思ったが、彼らには定宿があって、餌だけ食べに来るらしい。それも楽しみになるのだ。

〈その後の小さな庭〉

ここでは。イベント（1）コゲラ、（2）ムクドリ、（3）ウォッチングしなかったウォッチングなどが述べられる。（3）は、この小さな庭で巣を作り子を育てた鳥の話で喜ばしい。バードウォッチングのメモ（日記）を書きだしたのは昭和三十八年からであり、文中、彼は自分のことを小ウォッチャーと呼んでいるが、なかなかの大ウォッチャーである。

日本では毎年五月十日からの一週間は、愛鳥週間《バード・ウィーク》だ。アメリカのバードデイ（四月十日）を日本的に展開したものらしいが、大切なのは動物たちと同じ目線で見ることだろう。

自伝は未完でいい

前節その他に登場して頂いた『おかしなネコの物語』に「百人家族」という章があり、その中に「動物も同じカマのメシ」という節がある。

章だの節だのというのは、本書で勝手に付けただけで、「百人も家族がいるなんてオカシイ」というところから始まり、反証のため家族が列挙されてゆく。

まず人間が二人、庭の池に金魚が三十尾とメダカが四尾、ドジョウが数尾。二つの餌台に来る常連のスズメが約三十羽とキジバトが七羽、シジュウカラ数羽。庭のあちこちにいるガマガエルが数匹、それにカマキリやバッタも合計十数匹、それにネコが六匹。これを合計してみると百を越える家族である。

もしかしたら乾は、鳥語も動物語も分かるのかもしれない。それは楽しいことかもしれないが、どちらかと言えば彼の中には、寂しく満たされぬものがあった。

このころ彼は、しばしば幼児を回想した。自叙伝を書き残したいと思っていたのだ。平成十年（一九九八）、92歳になった信一郎は、「ひとりぼっち」と題する自叙伝に取り掛かり、ノートを作ったが、その後の進展はなかった。

そのとき彼は、なにを書こうとしたのだろうか？

幼児期に受けたトラウマ（精神的外傷）が、彼を駆り立てたことは、ほぼ明らかだ。ただし彼が、義理堅く物分かりのよい大人になっていたことも間違いないから、両者のあいだ苦しんだ彼の心は、この辛い浮世から逃げ出したくなることもあっただろう。

バードウォッチングをしていた頃、乾信一郎は、こんなことも述べているのだ。

ヒトは身近なものより遠いものに心ひかれるのだそうだ。天文学は何千年も前に発達していたのに、自分の体のことは学問の中でも最も遅れているという。普通の風邪をぴしゃり治す薬はないのに、宇宙探査機は何年もかかって天王星や海王星の写真をとりに行ってるといった具合。

じっさい日記にも、木星など星の話とかソ連の宇宙ステーションを見たとか、宇宙ウォッチングもしているが、現実逃避のためではなく、心の余裕を保つためだった。

辛いことなら、いくらでもある。日記にもしばしば記されている心臓発作は、狭心症と不整脈だったが、高齢にもかかわらず心臓ペースメーカーの植込み手術を受けたのだった。

山田風太郎『人間臨終図鑑』の下巻(注13)において、長寿で死んだ人々の名前を載せている。仲間内で長生きしそうなのは水谷準(注14)と渡辺啓助(注15)くらいだろうか？

もうひと踏ん張りせずばなるまい、と彼は思ったが、自叙伝への欲求は徐々に少なくなっていった。だれかが書いてくれれば、そのほうがいい……。

平成八年（一九九六）が過ぎると、日記をつけるのも新聞を読むのも、なんとなく億劫《おっくう》になってきた。卒寿というのだろうか、90歳を超したのだから無理もない。

平成九年九月二十日に、「ブラジルのピカソ」こと日系人の間部学（マナブ・マベ）の訃報を目にしたのは、まったく偶然のことだった。彼も肥後「もっこす」だったのだろうと想う。乾信一郎も絵が上手だった。しばしば鳥たちの写真を撮ったが、スケッチもしている。

平成十年（一九九八）になると、もう信一郎はほとんど寝たきりの状態だった。完成させたかった自叙伝「ひとりぼっち」は、中断したままになっていた。

信一郎はしばしば貞雄に戻っていた。いままで記憶に残っていなかったようなことが、ふと鮮明に、脳裡へ浮かんで来たりする。

平成十一年（一九九九）の五月五日にミステリ評論家の中島河太郎が、九月二十一日には大衆文学評論家の尾崎秀樹が死んだ。

文士・乾信一郎の活動は、『新青年』における翻訳から始まった、と言えよう。初めは本名の上塚貞雄、次に乾信四郎を経て乾信一郎となり翻訳の大部分は乾信一郎名義だが、小田勝平、山町帆三、吉岡龍、岩田文生、失名氏、高樹十四夫などがある。雑誌では翻訳者名を無視されることもあったから、名前が残るとなると単行本だろう。

この中で将来に残したい名訳を三つ挙げるなら、ロングセラーを続けたマッカレー著『地下鉄サム』、話題を撒いたバージェス著『時計じかけのオレンジ』、そして感情移入のあるクリスティー著『アガサ・クリスティー自伝』（上・下）になりそうだ。

エッセイ・読物を含めた自著はというと、幾度も小出版社から刊行された『敬天寮の君子たち』、日記にもしばしば登場するし本章でも題名の出てくる『「新青年」の頃』、それから『小さな庭の小さなウォッチング』で三つ……。「コロの話」は別格である。

放送台本だからではない。ネコはペットだが、イヌは自分自身だからだ。逆境の子犬がイジメに負けないで、健気《けなげ》に生きてゆく……。

上塚貞雄、他界す

西暦二〇〇〇年（平成12）は、奇妙な感じのする年だった。たしかに一九九九と二〇〇〇では、数字としての感じはガクンと違う。

しかし、イエス・キリストが生まれたとされる年を紀元元年としたわけだから、元年は一年であって〇年ではない。二〇〇〇年は一九九九年と同じように二十世紀なのだ。

乾信一郎は薄れかける意識の中で、なんども反芻していた。その拘りの奥には、未完の自叙伝「ひとりぽっち」があった。イジメを告発し、イジメに対処するための、イジメラレっ子に贈る自叙伝を二十世紀中に書きたかったのだが、もはや無理であった。

彼は自分の生涯に満足し、周囲のすべてに感謝していた。あの未完の自叙伝「ひとりぽっち」だけが心残りだったが、それももう、他人任せの心境になっていたのである。

その頃、社会では二〇〇〇年問題とかいって、コンピュータが誤作動を起こすのではないかと心配する人たちもいたが、幸い大きなトラブルなしに、二十世紀最後の年である平成十二年の辰《たつ》年が始まった。

この辰年は、ほぼ穏やかな天気のもとで幕を開けた。94歳の乾信一郎は、新聞を精読することもできなかったが、ある程度までの理解力は保たれていた。

松の内が終わった頃には小雪がちらつく。十一日からは寒さがつのり、関東は夕方から雨になった。天気が崩れると信一郎の調子が悪くなる。

中旬にはチョッと陽気が続いたが、二十日には寒気が南下し、冬型の気圧配置になる。二十一日をピークにやわらぎだす。

この頃から信一郎の脳裡には、友人・知人の姿があまり現われなくなった。千代子夫人は出て来るが、歓喜母か宇宙の精か、もはや人間の姿ではなかった。

友人・知人の代わりに、飼っていたイヌやネコが出て来る。だが、それも消えてゆき、庭の動物たちに替る。小鳥たち、カラス、ガマ、アリ……彼自身がもう人間の姿ではない。

得体の知れぬ動物、いや、植物かもしれないような、この世のどこにも見られないような生命体だった。

二十六日になると、関東一円には、この冬一番の冷え込みが襲い、雪がちらついた。この頃の信一郎は、この地上のどこでもない、遠いどこかの星にいるように感じている。

二十八日には、都心でも気温は零下一度になっていた。

二十九日、乾信一郎こと上塚貞雄は他界した。

乾信一郎が住んでいた最後の家は、文京区本駒込四―二九―三で、老衰の身は近医に診てもらっていたが、風邪から肺炎になり呼吸不全を起こしたため、八王子の永生病院へ入院し、ここで死亡した。

ヘビー・スモーカーでペースメーカーの植え込みをしていたから、心肺の異常があったのは事実だが、96歳という高齢を考慮すれば、自然死に近い大往生だったと思ってよかろう。

3節　エピローグ風な追記　―　天瀬裕康メモ　―

本人の希望に従い、乾信一郎は日本文藝家協会の文学碑公園内墓地に葬られた。富士山麓のいい場所だ。そこには所属会員名を彫り込んだ柵様の墓石があって、乾信一郎の名前の下には「コロの物語」と彫ってある。

一方、上塚家は曹洞宗であり、上塚貞雄＝乾信一郎は熊本のお墓にも納骨された。

乾信一郎没後、ミステリやSFの研究者の中で、最初に動きを見せたのは湯浅篤志だ。彼はその年五月発行の『『新青年』趣味』第八号に「乾信一郎さんの律義さ」(注16)という資料的エッセイを載せた。それは叢書新青年の『聞書抄』を作った当時の対応に触れたもので、敬慕の情に満ちた随想録だった。

熊本のほうでは、平成十七年（二〇〇五）七月十五日から八月末まで熊本近代文学館（熊本市出水二丁目五―一）で「乾信一郎　猫と青春 展」が開かれた。本文中でもしばしば引用したように、貴重な資料が多数見られたのである。

渡辺晋（筆名・天瀬裕康）の熊本訪問は、平成十八年（二〇〇六）九月二十三日の秋分の日から

平成十二年の墓前祭にて（上塚芳郎所蔵）
乾信一郎の墓碑（左端）と千代子夫人（右）

始まった。初めは熊本市出水二丁目の愛称・温知館こと熊本県立図書館・熊本近代文学館で、この日は菊陽町図書館にも寄っている。二度目の温知館訪問は十一月八日だった。

翌九日には上塚貞雄の出身校である九州学院高校（当時は中学校、貞雄は九回生）、熊本国府高校情報教育部に寄っている。

上塚尚孝邸を訪れたのは平成十八年（二〇〇六）十一月十一日（土）だった。

乾信一郎の七回忌が済んで少し経ってから、親交のあった元『ミステリマガジン』編集長の菅野圀彦が死んだ。平成十九年のこと、64歳だったという。

平成二十年（二〇〇八）六月二日、熊本近代文学館の鶴本市朗参事から天瀬裕康に、乾信一郎に関する共同通信社からの質問が回されてきた。アガサ・クリスティーの翻訳のことも交え、『新青年』の件、横溝正史との関係、上塚周平のことの三点であり、天瀬は知っている限りを鶴本参事に伝えた。

乾信一郎が没っして三年後、高齢に達した千代子夫人は一人の生活に不自由を感じるようになる。子どもはいなかったので家を処分し、東京都羽村市栄町の「有料老人ホーム・グリーン東京」に入居した。面倒を見たのは上塚芳郎・東京女子医科大学教授だった。

上塚芳郎教授に連れられて渡辺晋（筆名・天瀬裕康）が羽村の老人ホームに千代子夫人を訪れたのは、平成十八年、（二〇〇六）年末の二十九日だった。お会いしたときは95歳、千代子夫人のお部屋には、若いころの乾信一郎の写真が飾ってあった。『新編現代日本文学全集　乾信一郎集』にも載っている写真である。

上塚千代子が他界したのは、平成二十一年一月十九日、やはり寒い日だった。葬儀は入居中の「グリーン東京」で行われ、夫と同じ文学碑公園内墓地に納骨された。

千代子夫人の没後、彼女の遺品の中にあった文庫本『犯人は秘かに笑う』(注17)が上塚教授から送られてきた。信一郎没後の平成十九年に出版されたものだった。奇妙な自殺を、刑法二百二条を伏線にして描いたもので、初出は『新青年』昭和八年六月号である。

山前譲の解題によれば、ユーモア探偵小説は水谷準の「さらば青春」（『新青年』昭和八年四月増大号）あたりからで、彼は乾信一郎の「五万人と居士」（同誌六月）や「豚児廃業」（同誌十月）

を掲載してユーモアへの関心を高めようとしたのだ。乾夫妻が結婚したのは昭和八年五月だから、千代子夫人としては思い出の多い作品だったのだろう。

乾信一郎の労作の一つであるアントニイ・バージェンス著『時計じかけのオレンジ』は、平成二十年（二〇〇八）九月には［完全版］ハヤカワepi文庫として再刊され、六年後（二〇一四年九月）には重版の十二刷が出版された。

平成二十二年十一月十日付の、上塚芳郎教授から渡辺晋への書簡の中に、《乾信一郎の自伝のようなものを書いていただけると嬉しいです》とあった。渡辺晋はかなり以前から、乾信一郎の評伝を、書誌学的であるよりも人間学的掘り下げの中で書きたいと思っていたので、この手紙は、許可を頂いたようで有り難かった。

天瀬裕康（渡辺晋）の乾信一郎研究に拍車がかかったのは、熊本国府高校がネットで出している乾信一郎文学碑の紹介の中に、天瀬の名前を見てからであり、嬉しかった。これは平成二十七年三月現在も、簡単に観ることができる。

これまでに天瀬裕康は、乾信一郎に関する印刷物は五編ほど出してきたし、講演、卓話も(注18)行ってきた。

将来は乾信一郎について、もっと多くの情報が流されるようになるだろう。

上塚貞雄は死んでも、乾信一郎は生き続けるのだ。

【注】

1 コア編集部・編『猫のエッセイ 珠玉の三五選』（株式会社コア出版、一九八九年一〇月）は、内田百閒たち二十五名の作品を収載している。乾の所収掲載書は「おかしなネコの物語」としてあるが、初出は「返りネコ」が『ミステリ・マガジン』、昭和五十五年六月号、「六十六年前のネコ」は『愛犬の友』五十五年十一月号別冊である。

2 フットワーク出版社書籍編集部『たまたま・ネコ』（フットワーク出版社、一九九〇年一〇月）は、宮沢賢治、寺山修司たち二十一名の作品を収録している。

3 ルビイ・マーチンスンは失敗ばかりする犯罪者。作者のヘンリイ・スレッサーは一九二七年生まれのニューヨーカーで、広告代理店勤務。最初の作品はSF誌に載ったショート・ストーリーだったというが、彼の作品には、O・ヘンリーのような味がある。

4 東京創元社の『アンドルー・ラング世界童話集』（全十二巻）は、二〇〇八年一月から〇九年九月までの間に、各巻表紙の色を変えて刊行された。

5 カレル・チャペック著、石川達夫訳『チャペックの犬と猫のお話』河出書房新社、一九九六年七月。

6 間羊太郎『ミステリ博物館』三崎書房、昭和四十六年八月。

7 この記事を書いたのは熊本日日新聞社の井上智重編集委員であり、写真撮影は坂本徹編集委員だった。そのときの写真が本書の冒頭を飾っている。

8 谷崎潤一郎の「武州公秘話」は『新青年』昭和六年十月増大号から七年十一月号まで連載され、彼の代表作の一つとなった。

9 長谷部史親は昭和二十九年東京生まれ、早大法科卒。ミステリを主体とする文芸評論を行い、『推理小説に見る古書趣味』（図書出版社、一九九三年一月）等、著書多数。

10 乾信一郎「園歌裏ばなし」（社会福祉法人瑩光保育園編『はぐくみ』平成三年五月）。

11 湯浅篤志、大山巌・編『叢書新青年　聞書抄』（博文館新社、一九九三年六月）は、他に八名のインタビューが収録されている。

12 ヒタキ科の夏鳥オオヨシキリは、ギョギョシギョギョシと鳴くので行々子《ぎょうぎょうし》（仰々しに通ず）ともいう。「天変地異この星おわれ行行子」（裕康）。

13 山田風太郎『人間臨終図鑑　下巻』徳間書店、一九八七年三月。

14 水谷　準（一九〇四〜二〇〇一）はフランス文学の出身。乾の前後に『新青年』編集長を担当。

15 渡辺啓助（一九〇一〜二〇〇二）は、日本探偵作家クラブ第四代会長。

16 湯浅篤志「乾信一郎さんの律義さ」（『『新青年』趣味』八号、二〇〇〇年五月）は、『叢書新青年　聞書抄』のこぼれ話を書いており、天体望遠鏡関係の話は、平成三年六月八日付の手紙だとしている。

17 ミステリ文学資料館編、ユーモアミステリ傑作選『犯人は秘かに笑う』（光文社、二〇〇七年

18

一月）には乾信一郎、徳川夢声たち異色の作家計十四名の作品が載っている。

乾信一郎に関する天瀬裕康の講演には次のものがある。「《ぎんのすず》と乾信一郎」於・広島市立中央図書館、平成十八年十一月二十六日。「乾信一郎の隠れた業績」於・専修大学神保町校舎7号館、平成十九年八月三十一日。「乾信一郎について」於・広島市民交流プラザ、平成二十六年年十月十八日。

全体に関するものとして、引用や参考にした文献・写真等については出典を明記し、または了解を売るように努めたが、書き落とし等のある場合は、改めてお願いするなどの対処をしたいと考えている。

謝辞

本書の発行までには、じつに多くの方々からご支援を賜りました。

まず乾信一郎の著作権継承者である上塚芳郎・東京女子医大教授からは、系図を初めとし、写真や日記など貴重な資料をお貸し頂いたことを、心からお礼申し上げます。

次に熊本では、乾信一郎（上塚貞雄）ゆかりの地や物件の案内・説明、度重なる質問に答えて下さった、教育界出身で石匠館館長・上塚尚孝氏の労を多とします。

また、熊本近代文学館（川原畑館長、当時）の馬場純二・参事と杉本主任並びに井上智重・現館長、菊陽町図書館の村崎修三氏、九州学院高校教頭の松村緑郎先生、熊本国府高校情報教育部主任の成田廉司先生、さらには熊本日日新聞社様にも大変お世話になりました。いずれも十年ひと昔まえのことゆえ、連絡の取れなくなった方もおられますので、この場を借りて御礼申し上げます。

ブラジル及び北米関係の情報に関しては、元ＩＰＰＮＷ（核戦争防止国際医師会議）日本支部通訳で現サンパウロ市在住のキョウコ・ヨシダ（吉田恭子）氏のお世話になりました。

また、いつものことながら文學面では、浜田雄介教授はじめ『新青年』研究会の諸兄姉から、直接・間接のご協力を賜りました。特に湯浅篤志氏は、晩年の乾信一郎との往復書簡を探し出し、自伝的評伝執筆に協力して下さいました。

広島では、世界平和記念聖堂建立に関する話をお聞きし、ラサール坐禅の指導を賜ったカトリック広島司教区の青葉憲明牧師と、広島図書の出版物評価に尽力された「ぎんのすず研究会」三浦精子代表のお世話になりました。

身近なところでは、広島ミステリ・クラブ＝ＨＭＣ（代表・穂井田直美）と広島のＳＦファングループ「イマジニアン」（代表・宮本英雄）の例会における脱線・混線的さりげない雑談も参考にしています。

さらに身近な妻・渡辺玲子による、乾信一郎訳「時計じかけのオレンジ」の〈初版〉と〈完全版〉の読み比べやＤＶＤとの見比べ、並びに動物小説論等も刺激になりました。

草稿を纏めたあと、ミステリ研究家としての実績もある戸川安宣氏がチェックして下さったのも、たいへん有り難いことでした。

乾信一郎先生の生誕一一〇周年を来年に控えた生誕記念の五月十五日に謝辞を書くのも、なにかの縁のように感じられます。

ともあれ多方面の方々から多岐にわたるご助言を得られたことは、望外の幸せでした。

最後になりましたが、出版を引き受けて下さった論創社の森下紀夫社長、編集部の黒田明氏、装丁の労をとって下さった栗原裕孝氏、ほか関係各位に心からお礼申し上げます。

平成二十七年五月十五日

天瀬裕康

乾信一郎　年譜

（和暦は本文中は漢数字を使ったが、年譜ではアラビア数字とした）

和暦	西暦	歳	事項
明治39	一九〇六	0	五月十五日、シアトル郊外で生まれる。本名貞雄。父・上塚光雄、母・沢。3歳上に姉・静子がいた。
	一〇	4	自宅から2～3キロメートル離れた小学校に通う。
大正1	一九一二	6	秋、母に伴われ小学校に入るため来日。愛猫と別れる。生活の変化にとまどう。
2	一三	7	春、母の故郷上益城郡白旗村の白旗小学校に入学。祖母・母・貞雄の三人暮らし。
4	一五	9	母、父と離婚。父の故郷下益郡杉上村へ移り、杉上西部小学校四年に編入。厳しい長男教育を祖父・秀輝から受ける。
8	一九	13	四月、熊本市の九州学院中学に入学。再婚してアメリカにいた実母から来信あり。
13	二四	18	三月、九州学院卒業、浪人。東京で代議士をしていた叔父上塚司に呼び

出され、書生となる。文学書を読みふける。

14　一九二五　19　青山学院商科に入る。

15　一九二六　20　夏、徴兵検査。第二次乙種合格。

昭和3　一九二八　22　ウッドハウスとバトラーの短篇を翻訳し、雑誌『新青年』に送りつける。横溝正史に認められ『新青年』五月号に掲載される。

4　一九二九　23　二月、「殴られる」で作家デビュー。四月、水谷準に呼ばれ、人気コラム「阿呆宮」、「阿呆宮千夜一夜譚」の執筆を任される。

5　一九三〇　24　三月、青山学院を卒業。四月、博文館『新青年』編集部に就職。五月、乾信四郎のペンネームを使う。十一月から乾信一郎。翻訳と創作。「オルチイ集」（博文館）。

6　一九三一　25　十二月『ドイル全集』第一巻、『最後の挨拶』（改造社）。

7　一九三二　26　『新青年』誌上に「縮刷図書館」、「すりい・もんきい」というページを企画。二月号で「狂人座談会」の司会。

8　一九三三　27　五月、岩田千代子と結婚。十一月『ドイル全集』第三巻、眼鏡のない顔写真を掲載。

9　一九三四　28　『科学画報』第二三巻四号（昭和九年十月号）にヴィンセント・コルニエの「落下する埃」を吉岡龍正義で訳出。

10　一九三五　29　三月、博文館の『講談雑誌』編集長になる。動物小説集『続爐辺夜話』

（松柏館）。

11　三六　30　『豚児廃業／五万人と居士』（アトリエ社）。

12　三七　31　九月、『新青年』の編集長。日中事変が次第に悪化。戦時色濃厚となる。

13　三八　32　十月、社長と意見が合わず辞職。仕事なく、生活困窮。『倅太平記』（春陽堂書店）。

14　三九　33　ウッドハウス『専用心配係』（東成社）。

15　四〇　34　ウッドハウス『天晴れジーブス』、『無敵相談役』（ともに東成社）、動物小説翻訳集『紅鱒』（博文館）、『コント横丁』（代々木書房）。

16　四一　35　動物小説翻訳『駒鳥』（映画出版社）。九月『新青年』に「敬天寮の君子たち」発表。

17　四二　36　四月七日、父・光雄没。『村は秋晴れ』（東成社）。

18　四三　37　『敬天寮の君子たち』（翠明書院）。

19　四四　38　夏、西荻窪で町工場の経営。

20　四五　39　四月、長崎県相浦海兵団入団。特別攻撃隊。八月、終戦帰還。実業之日本社の少女雑誌編集部から注文がくる。

21　四六　40　『家族は五人です』（中央社）、『めぐる物語』（大阪新聞社）、『敬天寮の君子たち』（翠明書院）。

22　四七　41　放送劇台本「遺言状」、「三つの言いわけ」、「閑がなくて閑な話」。『江見家の手帖』（鹿水館）。

23　一九四八　42　ペンギン文庫『ガランコロン事件』（国民図書刊行会）。九月、広島図書『ぎんのすず』への執筆始まる。

24　四九　43　放送劇台本「みんなが来る日」、「タケノコの宿」、「風薫る」、「奥様は留守です」、「御先祖様と人間様」。

25　五〇　44　放送劇台本「天才製造」、「マスク」、「動物の正月」。六月から翌々二十七年十一月まで、三人の作家で一二〇回連続放送劇「明るい生活」の脚本を書く。ホームドラマと称した日本最初のもの。七月号で『新青年』終刊。

26　五一　45　クロフツ『マギル卿最後の旅』（雄鶏社）。

27　五二　46　放送劇「踊る動物王国」、「外套」、「ある火星学者」、「ガラスコップのお茶」、「クマという名の人間」、「ちぎれた吊革」、「真夜中の動物園」、「花火」、「洋服の裏にあった話」、「上塚周平」、「家庭グラフ」。『人間芝居』（東成社）。

28　五三　47　放送劇「家庭グラフ」、「赤チョッキの猿」。『現代ユーモア文学全集　乾信一郎集』（駿河台書房）、動物小説翻訳集『猫は猫同士』、『からし卵』、『勝ったのは誰だ』（いずれも春秋社）、マッカレー『地下鉄サム』（日本出版共同）、『阿保宮一千一夜物語』（数寄屋書房）、世界奇話夜話集『何も知っちゃいない話』（白橙社）。広島図書への執筆終る。

29　五四　48　NHKラジオ「青いノート」を担当。ヒルトン『学校殺人事件』（早川書房）、『どうぶつだけのおはなし一年生』、『〃二年生』、『〃三年生』、『〃四年生』（いずれも宝文館）、『アパート春秋』（東方社）、『青空通信』（東方社）。十月号で『講談雑誌』休刊。

30　五五　49　『コント劇場』、『コント百貨店』、『ぐうたら守衛』、『独身寮盛衰記』（東方社）。

31　五六　50　一月、翻訳家ミステリクラブ結成。『人間大安売り』（東方社）、『青いノート』（鱒書房）。『阿保宮一千一夜』、『春の風』（東方社）。

32　五七　51　四月からNHKラジオ「コロの物語」開始。『新編現代日本文学全集　乾信一郎集　青いノート』（東方社）。

33　五八　52　リチャード・ハル『伯母殺し』（早川書房）、『童話コロの物語1』、『〃2』、『マンガコロの物語1』、『〃2』、『〃3』（いずれも鈴木出版）。

34　五九　53　疲労甚だしく一年間休筆。マッカレー『地下鉄サム』（創元推理文庫）、『童話コロの物語3』、『〃4』（ともに鈴木出版）。

35　六〇　54　放送劇台本「スイートホーム殺人事件」。四月四日からNHKラジオ連続放送「ジョージ元気で」二九七回。

36　一九六一　55　十月二日からNHKラジオ連続放送劇「キャンデーの冒険」一二六回。

39　六四　58　放送劇台本「風流一一〇番」。『あり得ない話がある話』（芸文社）。十月号で『宝石』休刊。

41　六六　60　『猫の小事典』（誠文堂新光社）。

42　六七　61　キーティング『ボンベイの毒薬』（早川書房）。

43　六八　62　カニンガム『おひまなベネローブ』（早川書房）。

44　六九　63　『ニューヨーカー短編集』（早川書房）にウィルコット・ギブスの「ミルトン・バーカーの求愛」（乾信一郎訳）が収録されている。

45　七〇　64　バクスト『ある奇妙な死』、ポーター『奮闘　ドーバー⑤』、マール・ミラ『恋情』（いずれも早川書房）。

47　七二　66　アンソニイ・バージェス『時計じかけのオレンジ』（早川書房）。

48　七三　67　ポーター『逆襲　ドーバー⑥』、ハインズ『鷹と少年』、マリリン・ダーラム『キャット・ダンシング』（いずれも早川書房）、『ネコの育児書』（主婦と生活社）。

49　七四　68　メカトーフ『ネコ学入門』（主婦と生活社）、ジョン・ギル『最後の英雄』（早川書房）。

50　七五　69　トライオン『レイディ』（早川書房）。

51　七六　70　マッコール『ジャック・ザ・ベア』、クライトン『大列車強盗』、クリスティー『バートラム．ホテルにて』（いずれも早川書房）。

52 七七 71 一月二十五日、母・沢没。フィッツジェラルド『ラスト・タイクーン』、ポーター『奮闘』（ともに早川書房）。

53 七八 72 十月二十二日、叔父・司没。『カラー猫の本』（山と渓谷社）、『猫の小事典』（誠文堂新光社）。クリスティー『アガサ・クリスティー自伝』（上・下）、『パーカー・パイン登場』（早川書房）。

56 八一 75 ハーシェフェルド『ダラス』、マツギバーン『一九四四年の戦士』（ともに早川書房）。

57 八二 76 ハーシュフェルド『ダフスⅡ』（早川書房）。『日本の名随筆 猫』（作品社）。

58 八三 77 押川 曠と共同で『シャーロック・ホームズのライバルたち』（早川書房）の翻訳を始める。

59 八四 78 ガードナー『レスター・リースの冒険』（早川書房）。

60 八五 79 クイーン『チャイナ・オレンジの秘密』、ビガーズ『チャーリー・チャンの追跡』、チェスタトン『探偵小説の世紀（下）』（いずれも東京創元社）、クリスティー『終わりなき夜に生れつく』、ドビン『犬ですが、ちょっと一言』、『おかしなネコの物語』（いずれも早川書房）。

61 一九八六 80 クリスティー『復讐の女神』、ガードナー『レスター・リースの新冒険』、ポーター『逆襲』、『小さな庭の小さなウオッチング』（いずれも早川書房）、

62　八七　81　『敬天寮の君子たち』（九州学院高校版）。熊本県下益城郡城南町赤見に文学碑が建立される。ポーター『撲殺』（早川書房）、『敬天寮の君子たち』（文学碑記念版）。

63　八八　82　「乾信一郎展」開催。ダール『ロアルド・ダールの幽霊物語』、瑩光保育園のために「園歌裏ばなし」を書く。

平成1　一九八九　83　『猫のエッセイ珠玉の三五選』（コア出版）にエッセイ二編が収録された。一月から「ミステリ・マガジン」に「『新青年』の頃」の連載開始。

2　九〇　84　『たまたま・猫』（フットワーク出版）に「返りネコ」が収録される。『新青年』の頃』四月まで連載。

3　九一　85　インタビュー記事が『熊本日日新聞』に載る。『『新青年』の頃』単行本となる（早川書房）。

5　九三　87　『叢書新青年　聞書抄』（博文館新社）にインタビュー記事が載る。

8　九六　90　卒寿、『小さな庭のウォッチング』（ハヤカワ・ノンフィクション文庫）。

10　九八　92　自伝「ひとりぽっち」は進捗せず。

12　二〇〇〇　94　一月二十九日、他界。

天瀬裕康（あませ・ひろやす）
本名・渡辺《わたなべ》 晋《すすむ》。1931年、広島県生まれ。岡山大学大学院医学研究科卒。日本文藝家協会、日本ペンクラブ、日本SF作家クラブ、『新青年』研究会各会員。短歌誌『あすなろ』同人、俳誌『第2次未定』同人。総合文芸同人誌『広島文藝派』代表。著書に長篇『闇よ、名乗れ』（近代文藝社、2010年）、評伝『峠三吉バラエティー帖』（溪水社、2012年）他多数。

悲しくてもユーモアを
—文芸人・乾 信一郎の自伝的な評伝—

2015年10月20日　初版第1刷印刷
2015年10月30日　初版第1刷発行

著　者　天瀬裕康
装　訂　栗原裕孝
発行人　森下紀夫
発行所　論 創 社
〒101-0051　東京都千代田区神田神保町2-23　北井ビル
電話　03-3264-5254　振替口座　00160-1-155266

印刷・製本　中央精版印刷
組版　フレックスアート

ISBN978-4-8460-1467-4　